성화시편

—

행성의 사랑

저 수평선이 사랑입니다
저 수평선 너머가 사랑입니다

상화
화
시
편

행성의 사랑

상화
시편

행성의 사랑

고은 시집

창비

2년 뒤의 오늘이라면 여기 80세 앞에서 사랑의 시를 쓰는 나를 이제까지의 누구도 예상해본 적이 없을 것이다. 그 예상 밖의 것이 미리 여기 있게 되었다. 이 사랑의 시는 그러나 꿈보다 생활이 더 많이 담긴 것이기도 하다.

비가 온다. 비 오는 소리를 듣는다. 누가 오나보다. 누구의 궁금한 넋이 오나보다. 비 오는 소리를 듣는 것은 그런 넋을 기다리는 것인가 한다.

오랜만에 러시아 노래 하나를 비 오는 소리 앞에서 듣게 된다. 굳이 그 노래 제목을 알릴 건 없다. 그저 노래이면 된다.

그동안 내 마음 밖의 대지로 내비친 적 없는 삶으로서의 사랑의 고백이 그 노래 뒤의 적막에 실려온다. 서사의 지평 선이야말로 서정의 풍광을 남겨놓는다.

나는 이성에 의한 플라톤의 유토피아를 사절한다.

전혀 알 수 없는 일이었다. 어떤 원인으로 그가 나를 발견하고 내가 그에 의해서 현현하게 되었는지 도무지 알 수 없다.

30년에 이르러온다. 우주에서의 티끌이 나에게는 우주이다. 1974년 어느날 그가 나를 만났고, 1983년 이래 나는 그의 못난 남편이 되고 말았다. 이제 그와 함께 살아온 세월을 오롯이 반추한다. 그럴 만한 까닭이 생겼는지 모르겠다.

여기서 '상화와 함께'라는 표현은 '상화 속에서'라는 표현의 부족이다. 그토록 지난 세월은 상화 속의 세월이다.

가만히 돌아다본다. 그와의 삶은 현실이 아니다. 그것은 이상이다. 어떤 현실의 작용도 그 이상을 조금도 건드리지 못했다. 그러므로 일상은 일상 이외였다. 결코 나의 것일 수 없는 행복이 정녕 나의 행복이었으므로 어제 죽어도 좋았고 오늘 죽어도 좋은 그런 은혜의 충족된 내면에 늘 바닥쳐 있었다.

나는 태아였다. 상화라는 자궁 속의 태아였다. 이 사실은 내가 그 자궁 속에서 나와 이 누리의 갖가지 세파를 무릅쓰며 노쇠한 뒤에도 퇴화될 수 없는 태고의 기억에 잠겨 있을 그런 원점의 태아인 것을 뜻한다.

나는 상화를 노래하기를 남몰래 꿈꾸었다. 그런 나머지 꽃 피고 꽃 지고 하는 어제오늘에야 나는 머뭇할 겨를 없이 노래하기 시작했다. 이 노래의 길이는 기약 없다. 하지만 상화를 노래한다면서 나를 노래하는 것도 숨길 수 없다. 나를 벗어나고 싶어도 나를 벗어나지 못하는 태아의 나를 상화는 태 밖에서 자주 어루만진다.

30년의 집은 낮은 산과 들 몇이 잇대어져 함께 노는 곳이다. 몇걸음으로 들에 접어들면 봄에만 싹이 나는 것이 아님을 안다. 생명의 맹목 이상으로 신성한 것은 없다. 벼 벤 뒤의 추운 논, 벼 그루터기에서 곧 닥쳐올 영하의 날씨를 마다하지 않고 새삼 파릇파릇 새싹의 어린 벼들이 돋아나는 것을 보고 얼른 지나가버리고 말 수 없다. 젠장맞게도 가을도 겨울도 모르고 돋아난 그 철부지 싹의 수명은 단명이다. 이 시편들도 그런 싹의 신세로 나오고 있는 것은 아닌가.

그렇다 해도 이것은 서재의 한 서랍 안에 가만히 들어가 있어야 하는 가사(家事)의 하나인 바를 떨치고 세상으로 나오게 된다. 시 속에서의 화자와 시 밖에서의 일인칭이 공적인 것과 사적인 것의 분별 없이 이 시편의 여기저기에서 명멸할 것이 뻔하다.

실은 저 1980년대 후반 그 가파로운 시국을 견디는 중에도 아내가 맞추어준 커다란 책상 앞에 처음 앉았을 때 나 같은 시대의 떨거지도 사랑을 두서없이 노래할 듯한 충동이 거기서 일어났다. 그럴 뿐만 아니라 사랑의 논리서술로서의 '사랑의 사회학'을 지어내고 싶었다. 그 당시 나는 둘의 사랑이란 둘의 그것을 넘어 세상의 사랑에 맞닿아 있다는 확신에 사로잡혀 있었다. 아니, 세상 밖의 '우주'와 사랑의 동의어를 반드시 발견하고자 했다.

그런데 아내는 내가 쓰려던 사랑의 시를 만류했다. 다만 당시의 한 문예지에 연재중이던 「나의 저녁」에는 얼핏설핏 사랑을 노래한 것이 있는데 그것들을 아내가 가만히 좋아한 일이 있다. 훨씬 뒤에는 아내도 그때 내가 쓸 수 있었던 것을 영영 잃어버리고 만 것이 아닌가 하고 아쉬워했다.

그렇듯이 그때 쓸 수 있었던 밀물의 꿈은 그것대로 가버렸다. 보류란 상실이기도 하다.

그동안 생일을 맞이하거나 무슨 날이거나 하면 절로 나온 시편들도 있어온다. 그러나 그것들은 아내의 서랍 속에 잠들어 있다.

노래는 본디 어디에나 있다. 밤하늘에 죽은 별들이 살아 있고 땅 위에 노래가 있다. 노래는 삶의 행위 뒤에도 있고 행위와 함께 있고 그 행위 뒤의 어느 회귀로서도 있다. 그럼에도 어떤 노래는 끝내 세상 밖으로 내보내지 않은 노래의 화석이기를 마다하지 않는다. 이같은 비장한 사례를 돌아친 것이 이것이기도 하다.

15년 전 나에게 처음으로 여권이 발급되었을 때 그 여권에 바로 수요 공급의 짝으로 적용되는 듯이 각국의 시 행사에서 초청이 이어졌다.

맨 먼저 로테르담 국제시인대회가 나를 간청했다. 거기 갔을 때 70대의 이딸리아 시인 마리오 루찌가 연애시를 읽었다. 그의 얼굴에 홍조가 피어났다. 각국의 시인들은 부과된 무거운 주제를 벗어나 환호했다. 그뒤로 나는 그리스 델피 신전과 이딸리아 베로나 등지에서 열린 유네스코 시의 날 제정 축제와 세계 시 아카데미 창립행사에서 그와 만났다.

하지만 나는 나라 안에서나 밖에서나 사랑을 노래하는 시를 읽은 적이 전혀 없다. 내놓고 지은 적이 없어서이기도 했다. 오다가다 세계 시의 고전 가운데에서 몇개의 연애 시집 한두 군데에 눈길이 스친 적은 있으나 그것들은 통 내 작업에 이입되지 않았다.

이러구러 내 시 몇십년의 연월(煙月)이 보내졌다. 때마침 『만인보』 30권의 느른한 일도 마친 뒤끝이라 불현듯 어느 모퉁이에서 잃어버린 것을 찾아낸 듯이 이 시편들이 나오기 시작했다.

완만한 흐름의 강물이 갑자기 어느 경사의 하상(河床) 탓으로 숨찬 흐름으로 바뀌는 일을 내 책상 위에서도 시늉하게 되었다. 그제도 쓰고 어제도 썼다.

상화의 사랑 없이는, 상화와의 삶이 없이는 나는 두 가지가 불가능했을 것이다.

하나는 지금까지 내가 살아 있지 못했을 것이다. 아마도

나 하나의 수명을 넉넉잡고도 15년 전에 이미 내 심신은 지수화풍(地水火風)으로 돌아갔을 것이다.

둘은 시집 『조국의 별』 이후 내 문학의 많은 결실이 거의 불가능했을 것이다. 1983년 이후의 문학 말이다. 사실인즉 아내와의 삶은 문학역정의 전사와 후사의 어떤 분수령인지 모른다.

이토록 아내는 나에게 정신의 삶을 만들어주고 내 후반의 영감을 이끌어주는 영감의 화신이다. 아내는 내 시의 분화를 조절하는 분화구였다. 그리고 아내는 항상의 옹호자이고 냉엄한 비판자였다. 예이츠에게 두려운 누이가 있었던가.

사실 아내는 결혼 이후 친정에도 잘 가지 않고 동창회에는 아예 얼굴을 내밀어본 적도 없다. 오로지 강의실과 연구실 그리고 집이 일상의 전부였다. 그는 집을 지었고 집을 가꾸었다. 서울 태생의 도시체질과는 달리 마당의 흙을 만지다가 날이 꽉 저무는 일이 잦았다. 젊은날 떠돌이이던 내 시 가운데에서 난데없는 「내 아내의 농업」이라는 것이 있거니와, 아마도 이것은 아내에의 선험이었는지 모른다.

또한 이런 아내의 가정이나 가족에 기울인 삶의 구심(求心)과는 달리 내가 유럽 체험에 익숙하게 된 것도 아내의 정밀한 인도에 의해서였다. 결혼식 축사로 친구 백낙청이 말한 '민족문학과 세계문학의 만남'이 그대로 실현된 것인지 모른다. 아내는 또한 자신의 학문생활을 남편의 일로 거의 기쁘게 쓰라리게 포기한 상태이다.

하지만 내 시편들의 사랑은 사례(謝禮)나 보은의 사랑이 아니라 미지에의 노천에서 가능한 삶의 최고 형태이다.

나는 이 시편을 쓰고 난 다음날 하나의 상형문자를 만들었다. 고대 이집트의 신성한 히에로글리프 문자 이래 상형문자는 모든 문자의 조상이다.

고대 은나라 문자인 '붕(朋)'자는 화폐인 조개껍데기를 묶은 단위의 형상이다. 한 꾸러미를 한 붕으로 말했다. 바로 조개껍데기를 묶는 모양으로 만들어진 글자이다. 뒷날 '벗'이나 '동무'를 뜻하는 '붕(朋)'자는 그렇게도 단단히 묶여야 할 인간의 교감을 뜻하기에 이른 물질적 절실성을 나타낸다.

이런 예에 견주어서 나는 상화와 나를 하나의 기호로 합친 글자를 만들어본다. 상화의 '상(相)'자에서 '目'을 취하고 고은의 '은(銀)'자에서 '艮'을 취해서 '안(眼)'자가 된다. 이 글자는 내가 만들기 전 3천년 전후로 만들어진 한자이지만 나에게는 전혀 새로운 글자이기도 하다. 이로부터 이것은 기호이기보다 신호인 것이다. 굳이 풀어본다면 아내 상화의 눈 속에서 내 눈이 태어나는 것과 상화의 눈에 내 눈이 조심스레 들어가는 것을 육신적으로 뜻하더라도 어느 쪽이나 싫지 않다.

이 시편들이 아무리 집중의 기일 안에 쓴 것이라 하더라도 이것의 안쪽에 뿌리내린 것은 길다. 어쩌면 지난 시기의 절창을 잃어버린 뒤의 대신일지 모르는 것이지만 당시에 쓰지 않은 것에 뉘우침은 없다. 지금도 상화에의 사랑이 발생하고 있기 때문에 내 가능성은 발생학의 후성설(後成說)에 기울어져 있기도 하다.

흔히 사랑을 노래할 때의 과거화는 나에게는 원칙이 아니다. 오늘조차도 몇십년 전의 미래인 것과 몇십년 후의 애도나 추억인 것에 집착하지 않는 시간의 자유 속에서 태어나는 현재의 끊임없는 진행이기를 꿈꾼다.

사랑은 지금이다.

사랑은 '하였다'도 '하리라'도 아니다. 언제나 사랑은 '한다'이다.

얼마 뒤 내가 죽어서 더이상 사랑할 수 없을 때에도 나는 없고 사랑은 있는 것이다. 그것은 억지이지만 상화가 세상에 없고 내가 구차스럽게 남겨져 있을 때의 그 의식불명의 사랑까지도 가정한 것이다.

사랑은 차라리 삶보다 죽음에 값한다. 삶의 완성으로서의 죽음만이 사랑에 값한다. 사랑 이후에도 사랑이다. 하지만 나는 이런 사랑의 본론 밖에서 서성거리는 나 자신을 어떻게 진정시킬 힘이 없다.

내가 상화의 품위에 동등할 수 없는 절망이 그나마 그 품위 언저리에 다가가는 삶을 지향하는 염원을 지속해준 바가 지난날들의 나를 그의 남편으로 만들었는지 모른다. 사랑이 두려운 것은 사랑하는 것만이 사랑이 아닐 때이다.

　그뿐만 아니라 내 유한이 무한 안의 것일진대 감히 내 사랑의 지향이 행여 우주의 운행에 동행하는 티끌의 운명에 긴밀하다면 그것은 '행성의 사랑'일 수밖에 없을 것이다. 이 시집의 부제가 그래서 생겨났다.

　남겨둘 속말은, 이 사랑의 시편들은 내 사랑의 우물에서 뜬 한 두레박 물의 날 저문 목마름인가 한다는 것이다. 사는 동안 두고두고 길어올릴 것이다.

　올해 5월 5일 결혼 28주년의 아침, 나는 아내 상화에게 드리는 편지를 썼다. 그런데 저녁 식탁에는 아내가 지은 시 두 편이 놓여 있었다. 아내는 1년에 한두 편의 시를 쓰기도 하지만 이토록 사랑의 시를 두 편이나 즉각적으로 쓰는 일은 없었다. 읽었다. 한 번으로 놀랄 노릇이 아니었다. 그중의 한 편을 승락 없이 이 시집의 앞에 내세우기로 결정했다.

　나는 이미 상화를 허무와 더불어 사랑한다.

2011년 여름
고은

어느 별에서 왔을까

이상화

어느 별에서 왔느냐고
불쑥 묻지 말아요
어느 별에서 왔기에
우리의 사랑 이리도 끝없고 바닥도 없는 것이냐고
다그치며 묻지 말아요

이 행성의 한 점에서
내가 당신에게로 갈 때
이 행성의 한 점에서
당신은 내게로 온 것이에요
동시행동이었어요

당신의 점 속에 들어 있는 나
나의 점 속에 들어 있는 당신
그것은 우리의 별
우리의 우주
우주
무한팽창하는 우주

우리의 사랑은 무한팽창하고 있어요

무한이라고요

지금의 우주폭발 이전에도 그랬다고요

그러니 어느 별에서 왔느냐고

불쑥불쑥 묻지 말아요

2011년 5월 5일 저녁

차 례

서시

해가 진다
사랑해야겠다
해가 뜬다
사랑해야겠다 사랑해야겠다

너를 사랑해야겠다
세상의 낮과 밤 배고프며 너를 사랑해야겠다

오늘 아침

오늘 아침 다 헛되고 싶습니다
진실로
살구꽃 가득히 피었습니다
그대와 함께
살구꽃의 숨결숨결 우러러봅니다 오로지 행복입니다

가신 아버지 어머니 죄송합니다

오늘 아침 몇번이나 속고 싶습니다
살구꽃 구름 아래
그대를 우러러봅니다
차라리 여기가 아닌 어디이고 싶습니다

이토록 고개 들 수 없는 행복입니다

다른 세상 아닌 이 세상이여 죄송합니다

사랑은 사랑의 부족입니다

5월이었습니다 그다음 6월이었습니다
석곡대 석곡 꽃송이 피어왔습니다
더 가노라면
잔 어수리 흰 꽃들 피어왔다 피어갔습니다

이런 날인데요
해설피
바람 을스산스럽습니다

이제야 가만가만 알아버렸습니다

세상은
세상의 부족(不足)입니다
사랑은 자못
사랑의 부족입니다

나 어쩌지요

수십년 전 그날로
오늘도 나는 감히 사랑의 떨려오는 처음입니다
다리미질 못한 옷 입고
벌써 이만큼이나 섣불리 나선
S를 만나러 가는 길입니다

허나 나 아직도 이 세상 끝 사랑을 잘 모르고 가기만 하
며 갑니다

아내의 잠

거기 간다
아내의 잠 속 어느 곳

지금의 소쩍새가 아닌
태초의 소쩍새가 운다
지금의 소쩍새가 아닌
아직 오지 않은 미래마저
태초인 소쩍새가 운다

사랑은 시원을 애도한다

바이깔에서

아내의 이름을 몇번 불렀다

이윽고 물 저쪽에 툼벙 달이 떴다
기다리고 기다린
발랄라이까 소리가 아내의 달빛 속으로 퍼부었다
온 세상이 물속의 잠든 물고기들로
방금 깨어난 물고기들로 숨어 있다

아내의 얼굴도 숨어 있다

무덤

화장하지 않으리
풍장하지 않으리
티베트 아리 뒷산
조장하지 않으리

그 누구한테도 늙은 구루한테도 맡기지 않으리

반야심경 사절

내가 씻기고
내가 입히고
내가 모셔넣고 난 뒤
내가 못질하리
내 울부짖음과 내 흐느낌 담아
엄중하게 못질하리

내가 흙 파내어
내가 묻으리

작은 빗돌 일깨워 세우리
여기 사랑이 누웠다고
감히 천년쯤 지난 뒤
나비도 강남제비도
이 무덤 속 백골 알 수 없으리

갈 곳

어떤 새는 한 번 울고 죽는단다 왜 그러는지 모른단다
대나무는
한 번 꽃 피고 죽는단다
잣나무는
한 이십년쯤 자라나
겨우 잣을 맺는단다
감히 그런 곳에 가고 싶구나
삶 또는 죽음
그런 곳에 가
며칠쯤 머물며 푹 썩어버린 눈물에 젖고 싶구나

사랑은 반드시 가고 싶은 곳이 있는 것
상화와 나는
아직도
아직도
갈 곳이 있다
오호츠크 바다
그 알류샨

북아프리카 앞바다 카나리아 제도

상화와 나는
나라 이름만 다시 보아도
땅 이름만 보아도
강 이름 레나 강
산 이름 월출산만 보아도

여기 가야지
여기 가야지

상화와 나는 갈 곳이 있다
동백꽃 지는 여수 돌산도
돌산도 건너
거문도
백도

들딸기 널린

서시베리아
거기 가
사흘쯤 머물고 싶다

상화와 나는
죽은 뒤에도 함께 갈 곳이 있다
저세상 십만억 국토 지나
거기 가
한생을 함께인 듯 아닌 듯 또 지내야 한다
그리하여 사랑은 이전에 갔던 곳 이후에 갈 곳
거기 가
머루나무 다래나무 설킨 비탈
푹 익은 술의 겨레붙이로
동틀 무렵
술 깨어나
또다시 떠나고 싶다

언제까지나 천치바보인 사랑 가고 가는 졸본부여 나그네
란다

달밤

잠든 새 깨어나
화르르화르르 날아오르나
떠난 넋들
무엇하러 어룽져 오시나

이도 저도 아니다

지금 하마정 전부에 달빛이 온다 태고로부터 온다
하마정 전부가 달빛을 불러
달빛이 온다
하마정 건너
여기까지 숨차 달빛이 온다

어쩔 수 없다

2층 노대 여기에 태고의 둘이 있다
여기까지 달빛이 오고 만다
아래층 어린 포도들이

늙은 포도넝쿨에 달려 있다

어쩔 수 없다

둘이 얼싸안는다
달빛 무덤
달빛 구렁
둘의 나신이 온몸의 시설들을 가동한다
태고의 둘이
태고의 하나가 된다

찬 달빛이었다 뜨거운 달빛이었다
둘의 이승이
기어이 한몸뚱이의 정령이 되고 만다

숨넘어갔다
숨넘어갔다

달빛 오열
달빛 신음
그리고
달빛 기쁨
달빛 기쁨의 슬픔

아래층 포도들이 알알이 울었다

달빛 통곡

벌거숭이 둘의 나신이 가만히 정지된다
어느덧
달빛은 저만치 가 있다

어쩔 수 없다

둘이 현재로 돌아왔다 추웠다

고증(考證)

그는 내 자취를 찾아나섰다
섣달그믐
혹한
폭설
그는 지난날의 나를 찾아나섰다
나중의 해인사가 먼저이고
통영 용화사가 다음
순천 송광사가 그다음이었다
한밤중에야 닿은
송광사 삼일암
방장 구산이 밥 먹여주었다
두 잔씩이나 차를 먹여주었다
묵은 사과를 먹여주었다
팔에 연비를 떠주었다
이름도 하나 달아주었다

그는 또 하염없는 자취를 찾아나섰다
1977년

그는 영일만 호미곶에 가 있었다
날뛰는 파도 앞에서
처음으로 소주를 마시고 쓰러졌다
서울에서 달려온
외사촌동생이 다독여 재웠다

그는 나의 희떠운 자취에 도취했다 나의 미래에 도취했다

꽃모종

가뭄 꼬리에 비 오셨다
하늘이
하늘님이셨다
말이
말씀이셨다 다 임이셨다

아내는 희디흰 앞치마같이
초록저고리
다홍치마같이
머리 가르마 동백기름같이 아주까리기름같이
쪽찐 옥비녀같이
가슴 떠는 초승달 눈썹같이
예스러이 마당에 나오셨다

꽃모종
어린 해바라기 옮겨 심으셨다
어린 코스모스 옮겨 심으셨다
서러울 수도 없는

아직 괴로울 수도 없는
어린 분꽃 과꽃 맨드라미 봉선화
여기에다
저기에다 심으셨다

꽃모종 뒤
아내가 입을 달싹이셨다
먼저 죽겠다고
이어서 내가 입을 달싹이셨다
내가 먼저 죽겠다고
슬퍼하라고
슬퍼하라고 말씀하셨다
　비 오신 땅님께서 하늘님인 양 높으셨다 더 어린 꽃님들
그보다 높으셨다

나무 심는 날

이득환네 경운기 타고
재 넘어
삼암리로 나무 사러 간다
이득환 셋째아들 재철이란 놈도 함께 간다

큰 하늘 밑
털
털
털
털
경운기 탄 얼굴이 떤다 웃음이 떤다

삼암리 가서
산당화
자목련
백목련
철쭉 서너 뿌리를 산다
영산홍은 없었다

아이고 이만하면 되었다

나는 상화를 무르팍에 앉히고
탈탈탈탈
동산으로 돌아온다
길 가녘
각시풀을 본다
구름을 본다
멈춘 구름은 어른이고
멈춘 구름 뒤로
바쁜 구름은 아이이런다

대추나무
앵두나무
살구나무도 함께 돌아온다
돌아와
이득환과 함께 그것들을 심고 북돋운다
이만하면 되었다

나는 다짐한다
상화를 바라보며
상화의 뒷모습을 바라보며
서너 번 다짐한다

뿌리 내려 자라는 이것들 옆에서
울음으로
노을로
너를 엉엉 사랑하리라 다짐한다

날 저문다

저 남쪽 바다 위
제비들 떨어져 죽어가며 오고 있으리라

담임

얼마나 내 시라는 것이 진실이었던가
얼마나 내 시라는 것이 거짓이었던가
얼마나 내 떠돌이 날들의 밤하늘
그 잠들 줄 모르는 행각이
거짓투성이 그 비탈이었던가

오, 후회의 무효여
얼마나 내 후회가 진실의 그 가장자리였던가

이쯤이었다
이쯤이었다

밤 이슥히 돌아온
밀물 위
뱃고동소리

다 받아들여
진실을 아늑자늑 가르쳐준 사람

진실이 무엇인가를

언제

그 홑옷 같은 진실이

다른 진실을 막아버리는가를

새벽 우렛소리 날아오를 때

그 먼지투성이 벙거지 쓴 진실이

어떤 알몸인가를

대낮 길바닥

사금파리 박혀

날아오르지 못할 때

그때

진실이 다시 무엇인가를

복숭아나무 가지로

송장 때리듯

울며 보채는 백일해 아기 끝내 잠재워 괴괴하듯

초등학교 6학년

중학교 3학년

고등학교 3학년이듯

그렇게 조곤조곤히 가르쳐준 사람

운명의 여름 가을 상화

동시발화(同時發話)

자주 둘의 입에서
하나의 말이 나와버린다
희곡 속의 화기애애한 단역들
이구동성 그대로
아니
어느 생에서
둘이 짰던 새금파리 두쪽 나눠가진 합심 그대로
십년 뒤 그대로
같은 말이 나와버린다

여기가 좋겠다
여기가 좋겠다

이 둘이 하나로 나와버린다

돌아오는 길에 사오겠다
돌아오는 길에 사오겠다

이 둘이 시시하게 하나로 나와버린다

오늘은 어제이다
어제는 오늘이다

긴 번민의 행렬이
북인도 비하르 주 평원을 기어가는
일백십사 칸 화차의 긴 완행 끝
거기서 내려버려라
세상에 널린 약속들 너머

여기가 좋겠어
여기가 좋겠어

이 둘이 하나로 나와버린다
끝끝내 하나로 나와버린다

여기가 좋겠어

배드민턴

커다란 때가 오리라
어제와
오늘과
내일을 몽땅 먹어치운
우주 진공으로부터
커다란 때가 오리라

배드민턴을 친다

아주 작은 때가 오리라
작은 먼지춤
작은 티끌춤
작은 아메바춤과 함께
사랑이 오리라
사랑의 이데올로기가 쫄레쫄레 뒤따라오리라

배드민턴을 친다

상화 누리
상화 나라
상화 바닷가 거기
상화 파도소리 수북수북 쌓여 드높으리라

밤 오렌지등 켜놓고
하얀 새 분주하다
포롱
포롱
하얀 새가 날아간다 날아온다

때가 오리라
이승도 저승도 없는 때가 와서
하얀 새의 아이들
어디로 데려가리라
포롱
포롱

1984년 4월 어느날

십년 전의 그
구년 전의 그
오년 전의 그
지난해의 그
올해 1월의 그
지금의 그

그는 누구냐

일년이 지났다
그러므로 일백년이 남았다

이남덕 교수가 와서 쑥 캐고
이효재 교수
얼굴 사마귀가 웃고 있다

그는 누구냐
그는 누구냐

그가 차를 따른다
그는 누구냐

내가 살아 있는 동안
그의 시간 속에서
오늘의 구름이 내일이 되는 동안
그는 누구냐

죽을 때
삶의 마지막일 때
죽어가는 눈 안에 담길 얼굴
그는 누구냐

번개우레

한밤중 모든 제도들 모든 법칙들 가버렸다
번개 친다

이 번개 극광의 찰나

네 젖가슴이 드러났다
네 배가 드러났다
네 입 코 눈썹 네 이마가 모조리 드러났다

우레 친다

오, 네 이승의 완벽이여

백지

당신의 십년 뒤
당신의 일년이 시작되었습니다
서둘러
나의 일년이 시작되었습니다
여름밤 별들이 모조리 죽어 울어댑니다
아기들
아기들
몇백 광년 전
죽은 아기들의 저승이 이승의 밤입니다

다음날 백지의 허무
거기에다
나는 한마디를 겨우 씁니다
그 한마디의 무모한 어디
지상의 구두점 하나도 기필코 사랑일 것

이미 백지의 사막 아닙니다 사랑은 사랑 그 이외입니다

호명(呼名)

대림동산 입구
먼지 쓴 가문비나무 중앙분리대 양쪽으로
십년째의 포장도로를 지나
개나리골을 지나
볼품없는 해송이
오리나무와 함부로 어울려보는
뒤숭숭한 비탈을 지나
거기 누구의 자취도 모르는 장미골에 이른다
잘못 접어들었을까
아닐까

거기 무슨 달이 떠 있겠느냐
커다란 눈 뜬 어둠속
언덕배기 내려가며
상화야
상화야
상화야
상화야

이렇게
목청껏 불러대면
마침내
내 머리 정수리 위에서
숨었던 달빛이 기어이 나타난다

상화야
상화야

허사

상화는 명사가 아니다
동사이다
펄펄 살아
여기에 있지 않고
저기에 있나
저기에 있지 않고
여기에 있나

아니 어디에 있나

나에게 상화는 명사도 동사도 아니다

어디에 있나
어디에 있나

아, 나에게
상화는 허사(虛辭)이다
불러도

불러도
그가 없다

못 견디는 것이
견디는 것
방황이
방황이 끝나는 것

왜 나는 배고픈가
왜 목이 마른가
아, 상화는 어디에 있나

여기 있어도
여기 있어도
어디에 있나

한강 하류

시내버스를 탔다

종점에서 내렸다
비포장도로를 걸었다
마른 밭
마른풀 내음 속을 걸었다

강 하류는 으리으리하다

행주산성의 그림자가 행주산성이고
행주산성이 행주산성의 그림자였다
으리으리하다

상화는 마음속에서
다 허(許)하고
다 답(答)하고 있으나
백년의 묵언 숙연하다

잘못 자란 수수가
풀밭에 황새로 꿈속 두루미로 서 있다 앉아 있다
서까래로 서 있고
들보로 앉아 있다
뱀도 벌레도 없다

강 하류는
누구한테도 시간을 보여주지 않는다

지금 상화의 머릿속
꼭 찼으므로 어떤 것도 없다
기어이 내부의 묵언이 외부의 먼 소음보다 더 으리으리
하다

강 하류는 상류의 기억이 전혀 없다

춘당지

1974년 10월 창경궁 춘당지
이 자그마한 못
오래 억울한 듯
오래 억울하여
어디 하소연할 곳도 없어져버린 듯
이 자그마한 못
여기
아무도 모르는 척
거루 한 척 떴다
거루 탄 두 사람 떴다

이른 단풍이 와 있고
저문 단풍이 아직 오지 않았다

배 저어
한 바퀴 돌고
못가 너럭에 걸터앉았다
한 사람은 그대로 앉았고

한 사람은 벌렁 누워 하늘을 보았다

우연 당연

아이의 풍선 하나가 두둥 떠올라
하늘 속으로 가고 있었다
영혼이 간다고 누운 사람이 말했다

해설피 두 사람은 일어났다

창경궁 문밖으로 나오니
거기에
허구의 버스와 택시들이 오고 있었다 가고 있었다

사랑은 감히 한 시기가 아니라 한 생애 그다음까지이리라

첫눈

1984년 12월 19일 아침
첫눈이 내렸어
첫눈이라는 말
서른 번쯤
마흔 번쯤 쓰고 싶었어
쓰지 않았어

내가 살아온 몇십년 따위 몽땅 내버리고 싶었어
방금 젖 뗀
얼뚱아기이고 싶었어
아냐
다 자라나서
열여섯살 계집애이고 싶었어

첫눈이 내렸어
모든 형용사
모든 부사
그런 것 없는
순 가난뱅이이고 싶었어

첫눈이 내렸어
사랑할 수밖에 없었어
수많은 미움 가버렸어
사랑밖에 할 것이 없었어

첫눈이 내렸어
돌아가
돌아가
열일곱살 머슴애이고 싶었어

1984년 12월 19일 아침
첫눈이 내렸어
첫눈이 내렸어
내가 상화를 불렀어
아냐
상화가 나를 불렀어

사랑밖에 없었어 온종일의 치매로 이럴 수밖에 없었어

자전거

수유리 안병무네 집 마당에서
초례 마치고
한강가에서
하룻밤 자고
안성 대림동산으로 왔다

상화 남편은 얼간이
상화는 철부지
축의금 봉투를 꺼내보았다
이백만원 얼마
상화
상화 남편
둘이 지닌 것 털어
집을 샀으니
화곡동 집 팔리지 않고
억지로 집을 샀으니
이백만원 얼마 이것으로 살아야 했다
마음속 화수분이라

무어나 차고
무어나 넘쳤다
마음 밖 가난이라
전화도 없다
전화 걸려면
십분쯤 가서
고개 너머 관리사무소 전화를 빌려야 한다
민음사에서도
문익환도
전보로 급래급래를 알려왔다
이백만원 얼마는 곧 동났다
안성장에 가
빗자루 사고
삽도 호미도 샀다
개수대 그릇도 샀다
빈털터리인데
창비에서 원고료가 왔다
살았다

살았다

무턱대고 자전거 한 틀을 샀다

자전거에

상화를 태우고

상화 남편은 견마 잡혔다

삼단 자전거 바큇살이 찬란했다

오르막 허위허위 올랐다

내리막 어질어질 내려갔다

다음날부터 상화가 학교버스 내리면

입구에 나가 있다가

얼른 자전거에 태운다

집이 가까워오는 동안

상화는 맨드라미인 듯

옥잠화인 듯

과꽃인 듯

이 이야기 저 이야기

동료 교수 하나가 결강한 이야기

강의실 학생들의 눈빛 이야기

율리씨즈 이야기
부총장 면담 이야기를 한다
상화 남편은
장미골 모서리를 돌 때
오늘 쓴 시 이야기를 한다
상화는 누이인 듯 누나인 듯
상화 남편의 서투른 이야기를 듣는다
자전거 바큇살에 끼인 풀이 떨어져나갔다
해가 구름 속에서 나온다
이 사랑이 나중까지 사랑이 아니라면
사랑이 아닌 것
상화는 안다
상화 남편은 안다
집에 오니 무슨 전보가 또 와 있다

일몰

해가 져도 좋아 안 져도 좋아

나
그대와 함께 있다

둘도 아닌 하나도 아닌
그대와
나

임신

그해 8월 아이 섰다
그해 9월 11일 아이 선 것 알았다
1984년
이것만으로
고봉밥이고
고봉술이고
고봉똥이다

하늘 어느 곳도 공터가 없다 꽉 찼다

아, 올데갈데없는 행복

하늘 속에서
아직 만들어지지 않은 아이가
꿈틀꿈틀 만들어지고 있었다
옛 거문고 아닌
원명 피리젓대 아닌
비올라 아닌

시베리아 타이가 발랄라이까 아닌
아 죽은 벗의 쌕소폰 아닌
아직 이름 붙이지 않은 아이가
구름 한점 없이 도레미파 만들고 있다

아, 증거인멸할 수 없는 기쁨

아내의 뱃속에서
아이 손가락이 자라나고 있다
쇠붙이나
나무나
흙부스러기나
짐승의 살이 아닌
무슨 악기가 솔라시도 자라나고 있다

눈과 귀와
어린 허파와
발가락

발가락 발톱의 악기가
오늘의 어제로
어제의 오늘로 먼 내일의 바닷속에서 자라고 있다

나는 겨우 원고지 열 장 쓰고 아래층으로 내려왔다
내려와 아내를 본다
2층으로 올라가
또 열 장을 쓰고 내려와
아내의 배를 만져본다
아내의 뱃속을 밤 지새우는 바닷속 악기를 만져본다
하루 백 장이면 열 번을 내려온다

그해 10월 11월 12월은 가을인지 겨울인지 몰랐다

오동꽃 지는 날

오동꽃 지는 마당 어지럽다
보랏빛
보랏빛
연보랏빛 흩어진 죽음들로
나의 삶이 어지럽다

하지만 죽음은 아예 소리 없다

보랏빛
보랏빛

나는 그를 추억하는 사랑을 거절한다
나는 그의 역사를 쓰는 사랑을 거절한다
그가 죽으면
장사 지낸 뒤
나도 순무식으로 뒤따라 타버려야 한다 묻혀야 한다

그는 내 앞이고 나는 그의 뒤이다

모든 벼랑이 나를 원한다

나에게는 내일도 아프리카도 없어야 한다

그가 이 세상에 살아 있을 때

나는 그의 발등 가까이

팽이로 돈다

팽이로 쓰러진다

나는 나 스스로 그의 부속이다 보랏빛 순장의 죽음은 소
리 없다

여수(旅愁)

뚠황의 하룻밤
지친 꿈속
그녀의 웃음을 보았다
다음날
명사산 비탈
오로지 사랑의 무(無)로 사랑이거라

어떤 이름

나는 죽어야 합니다
내 이름은 죽어야 합니다
그렇지 않고는
그 이름에 들어갈 수 없습니다

운명은 나의 소멸입니다
그렇지 않고는
내 이름은
그 이름을 만날 수 없습니다

상화

막 돌팔매를 던져버린 내 빈손이
이제야 그것을 알았습니다
늦었습니다
저쪽에서 누가 슬피슬피
돌팔매에 맞았습니다

상화

그 불안

마흔두살 헤겔이 스물여섯살의 약혼녀한테
정중한 글월을 보낸다
당신의 사랑이므로
나의 사랑은 없습니다라고
이것은 이념일까

세상은 이념이라고 말하고
정작
자신은 현실이라고 말하고 싶은 불안 그것이
사랑의 불안 아닐까

옛 글월을 상화 사내가
상화에게 읽어준다

아니에요
그것은 누구의 사랑이 아니라
우리의 사랑이에요라는 이의가 없다
당신의 사랑이므로

나의 사랑이에요라는 정정이 없다

상화는 웃을 따름이었다
상화는
상화 사내한테
동해 삼척 갈매기의 비상이었다 원숙이었다

그렇구나 나의 사랑은 뒤로 뒤로 사랑이므로 사랑의 어
둠이구나

약력

어머니는 나를 낳은 뒤
한 달에 며칠씩 앓아누웠다
앓아누워
피를 쏟았다
앓은 뒤
피 묻은 속곳을 빨아 햇빛벙어리 뒤안에 널었다
할아버지는
이틀에 한 번꼴로 막걸리에 취했다
소를 도둑맞았다
도둑맞은 외양간에 소냄새가 남아 있었다
아버지는 할아버지의 주정뱅이 막걸리를 입에 대지 않
았다
새도 구름도 필요없이
오래오래 멍한 하늘을 바라보았다
언제나 꿈속이었다
이런 날들의 수십년이 한꺼번에 파도쳐 가버렸다
도저히
도저히

내게 올 수 없는 것이 와버린 것 나의 아내
어머니가 나를 낳았고
그뒤로는 아내가 다시 나를 낳았다
도저히 함께일 수 없는 것이 함께인 것
나의 어머니인 아내

아부심벨

다시 가야 한다
상(上)이집트
거기
다시 가야 한다
거기
룩소르에 가서 돌아오지 않을 듯 가야 한다
아부심벨에 가야 한다
가서 람쎄스 2세 앞에 서 있어야 한다
네페르타리 앞에 서 있어야 한다
몇천년을 흥한 곳
몇천년을 망한 곳
망한 뒤
그리스가 오고
아랍이 온 곳
밤마다 공허가 오는 곳
거기 가서
상화의 사막을 펼쳐야 한다
나의 취한 별 떨거지

밤새도록 내려와야 한다

일백년 이내

거기 가서

상화는

어쩔 수 없이 신이 되어야 한다

나는 그 고왕조(古王祖)의 호호백발 사제가 되어 하루 몇
번 요통으로 엎드려야 한다

어떤 술주정

반포아파트
최정호의 저녁 초대
서정주와 한창기
그리고 나
나와 함께 간 상화

불란서 술 화려하다
접시 음식들도 서로 찬란하다

바야흐로 서정주의 주정이 시작된다
깐죽깐죽
한창기를 못살게 군다

자네는 왜 그렇게
하관이 쪽 빠져버렸나
자네는 아조아조 궁상이로군 천하궁상이로군

서정주는

한창기가 브리태니커인 줄도
뿌리 깊은 나무인 줄도
어느 나라 부통령 단골인 줄도 모른다
암 모르고말고

최정호가 마지못해 입을 연다
한창기가 마지못해 입을 닫는다
나는 불가불
서정주라는
한창기라는
근엄한 턱 최정호라는
이 각각의 취기를 사절한다

상화에게
가만히 나가자 한다
나오자
비 오지 않는 거리가
비 오는 꿈을 꾼다

반포상가 거리에서 택시를 탄다

잠수교 건너

자그마한 술집에 들어간다

몽땅 깨어버린 뒤

다시 취하기 시작한다

이전도

이후도 사절한다

사랑은 한밤중의 관념 그곳으로부터 이탈한다

아내의 퇴근

주 3일 강의 충만
대강이란
대강대강이란
그에게 배반이다
조금 일찍 들어간다
조금 늦게 나온다

오후 네시쯤
아내가 통근버스에서 내린다
나의 자전거에 타고
집으로 돌아온다
이 세상에
부족한 것
부러운 것 거의 없다

저쪽 관리사무소 직원이 바라본다
개가 바라본다
뻐꾸기소리 잠시 쉬며

빽빽한 오리나무 가지에서 뻐꾸기가 몰래 바라본다

그해 여름
김우창이 나에게 말하였다
짤막한 것이야
군소 시인에게 맡기고
단떼『신곡』같은 것을 쓰라고

도라지 몇뿌리를 들고 있는 꿈
누가 파랑새 한 마리를
손에 쥐여주는 꿈
그 꿈 다음날
나는 아내의 뱃속 도라지꽃한테
파랑새한테
단떼 신곡을 몰래 맹세하였다

아내는 내 맹세를 알아차렸다
집에 온 아내가

가방을 내려놓고 말했다
단떼 신곡 아니라
당신의 신곡을 쓰라고

모르겠다

내일도 모레도
나는 아내의 퇴근시간에 대어
동산 입구에 가 있다
가 있으리라가 아니라
가 있다

내생(來生)이란 지금 당장이다 내 자전거이다

신우염

그가 입구까지 걸어가야 한다
입구에 가
알맞게 버스를 타거나
택시를 타거나 해야
아홉시 반 첫 강의시간에 맞추게 된다

벌써 며칠째
그가 입구까지 걸어가지 못한다
신발굽이
길바닥에 놓일 때마다
몸이 무너지는 듯
몸이 무너져내리는 듯

아직 자전거도 없다 리어카도 없다
삐삐 마른
그의 남편이 업고 가야 한다
넘어질 듯
자빠질 듯

오르막 장미골 지나
내리막 대령집 지나
구멍가게 지나
입구에 이르러서야
업은 남편이
업힌 아내한테 숨차 말한다

당신 팔다리 없어도 좋아
살아 있기만 해
이렇게 두 눈 뜨고
꼭 살아 있기만 해
살아 있는 지옥이 훨씬 더 좋아

세상천지 누가 물어본다
십년 뒤
십오년 뒤에도
이렇게 벙어리로 귀머거리로 누구에게 말할 테냐고

수유리

현재는 현재 뒤에서 천년이다
흠 하나 없는 햇빛이
비 온 뒤 내려왔다
마침내
아픔 다음
기쁨이었다

1983년 5월 5일
수유리
안병무네 집 마당
큰 나무들이 섰다
느티나무
감나무
단풍나무
상수리나무
후박나무
그 밑으로 촘촘한 바느질 잔디가 깔렸다

신부 어머니 조덕순

신랑 어머니 최점례

주례 함석헌

축시 문익환

축사 이문영 백낙청

축도 문재린

인사말 안병무

사회 리영희

이효재가

미국에서 작곡한 신랑의 시 노래를 들려주었다

박용길

김석중

박영숙

이종옥 들이

제천 송홧가루 떡을 하고

오색 음식을 장만했다

부랴사랴
안기부 6국 직원이
축의금 몇푼 가져왔다
신부의 제자가 사진 찍었다
신랑의 친지가 사진 찍었다
신부신랑이 입을 겨를 없던
사모관대 원삼 족두리를
박형규 내외가 못 입은 것 뒤늦게 입고 사진 찍었다

신랑 고은
신부 이상화는
그곳에서 어서어서 달아났다
한강 기슭 내려다보며
둘이 되었다
완성은 종말이 아니다
해는 우연으로 우연의 후예인 필연으로 새로 떠오를 것
이다

손전등

나는 선무당이다 살아온 날들 설익은 밥 같은 날들이었다
무엇 하나 들어맞지 않았다
점(占) 불능
에드워드 싸이드
『문화제국주의』가 어디에 처박혀 있는지 모른다
아무리 찾아도
『오리엔탈리즘』 옆에서도
그것은 나오지 않았다

아내는 온무당이다
용케
용케 그 책을 단박에 찾아낸다
뉴욕의 싸이드가 기뻐한다
스톡홀름에 누워 있는 곧 죽을 싸이드가 기뻐한다

아내는 내가 잃어버린 물건을
용케 찾아낸다
아내는 내가 고장낸 물건도

용케 고쳐놓는다
내가 떨어뜨려 못쓰게 된 손전등을
용케 고쳐놓는다
고쳐서 반짝 불이 들어온다
비 퍼붓는 밤
대문 계단 내려갈 때 계단의 발등이 환해진다

아내의 뒷모습 보아라
거짓 없다
아내의 앞모습 보아라
누구의 불의도 부정도
거기 없다

아내가 무섭다
훔칠 수 없다
속일 수 없다
숨길 수 없다

아내가 죽으면

나는 도둑놈이 되기 전 사기꾼이나 무엇이 되기 전

먼저 텅 빈 논 허수아비로 순 알거지가 될 것이다

그것이 아내를 사랑하는 일이다

사랑

사랑이 뭐냐고
문기초등학교 아이가 물었다
얼른 대답이 나오지 않았다
궁한 나머지
지나가는 새 바라보며 얼버무렸다
네가 커서 할일이란다

돌아서서 후회막급

사랑할 때밖에는 삶이 아니란다라고
왜 대답하지 못했던가
그 아이의 어른은 내일이 이미 오늘인 것을
왜 몰랐던가

저녁 한천가
한 사내의 낚싯줄에 걸려버린
참붕어의 절망이 내 절망인 것을
왜 몰랐던가
사랑이 뭐냐고 물었을 때

비(悲)

꿈속
어린시절의 동무 봉태던가
지리산 세석평전
키 작은 진주사람 이수문이던가
아니
군산중학교 음악교사 최동규 선생이던가
미술교사 곱슬머리 안태환 선생이던가
누구던가

꿈속
그 누가 나에게 와 멱살 잡고 외쳐대기를
슬피 울어라
슬피 울어라
너 왜 이제 울지 않느냐
네 눈에
눈물 한방울 없으면
너는 너일 수 없다
울어라

네가 울지 못하면

구름도 꽃도

천년의 붉은 종소리도

다 시든단다

도둑놈들도 다 죽는단다

울어라

울어라

네 애끓는 슬픔만이

비로소 하늘의 슬픔에 아득히 닿는단다 울어라

꿈 깼다 식은땀 등짝이 좍 젖었다

어둠속

눈 뜨지 않았다

카루나라는 낱말이 못박혀왔다

싼스크리트어·

카루나

슬픔 사랑의 슬픔 먼 슬픔 비(悲)

이어서

마이트리라는 낱말이 왔다

마이트리

미트라라는 낱말에 닿아 있다

동무 형제 기쁨 희망 자(慈)

카루나는 아기 아프면 엄마 아픈 것 불행 변혁

마이트리는 아기 옹알이 엄마 옹알이 행복 태평성대

어둠속

이 누더기 낱말풀이를 몽땅 지워버렸다

으슬으슬 춥다

이불자락을 당기다가

눈 떠

옆을 보았다

먼동빛 아내의 잠든 모습 아내의 호수 오싹오싹 깊다

독백

이제는 하나도 비장하지 않구나 숨지듯 숨쉬는구나
생과 사 하나라는 것
이게 거짓이 아니라는 것
이게 날이 날마다 마침내 참이라는 것

새벽 네시쯤 잠 깨어
잠든 그대의 얼굴 희뿜히 본다

이제는 하나도 무섭지 않구나
사와 생이 하나라는 것
이게 둘이 아니라는 것
어린이 가고 없는
어린이 놀이터인 듯
그대가 생이고 내가 사라는 것

새벽 다섯시쯤 개가 짖는다 이슬들 눈뜬다

단언

돌아오는 길
남부터미널에서
대림동산 입구까지의 버스 50분 혹은 55분

니체가 무엇을 아편이라 했던가
맑스가 무엇을 아편이라 했던가

둘이 돌아오는 길

이 나라의 두 사람에게는
무엇보다
무엇보다
두 사람이 함께 돌아오는 길
이 길의 50분 혹은 55분 그것이 아편이다
아편이고말고

아내는 단호했다 아내가 주체이고 내가 객체였다

살아 있을 때 함께 있어요

아내는 단호했다

영원은 없어요
절대로
영원 따위는 없어요

아내는 단호했다

살아 있을 때 살아 있을 뿐이에요
죽을 때까지 함께 있어요
누가 먼저 죽을 때까지

나는 창밖으로
고개를 돌렸다
두 눈에는 눈물이 차서
풍경이 없어졌다

아내의 단언이 내 몸속 십이장에 총알로 박혀 있었다

영원 따위 내생 따위 여기 없어요

편지

천 권의 해석
천 권의 설명을 떠나는 것처럼 떠난다

구름 하나 없다

만년의 인력
만년의 중력을 떠나는 것처럼 떠나버린다

두 잠자리가 뿔붙어
한 잠자리로 떴다

온통 푸른 하늘이므로 아무것도 필요없다

옛사람은 푸른 하늘 푸른 하늘이라 쓰고 아이고 아이고
라고 읽었다

나는 아내에게 푸른 하늘의 편지를 쓴다

무식하게

그리움이 외로움이라고
외로움이 그리움이라고 쓴다

벚꽃

벚꽃 피어나느라고
밤이 그토록 눈 뜨고 있었나보다
벚꽃 피어나느라고
추운 밤이 다하여 그토록 가슴 아프게
먼동 트였나보다
벚꽃 피어나느라고
벚꽃 우르르 우르르 피어나느라고
저 땅속 뻗어내려간 뿌리들까지
저 하늘 속 나뭇가지들 우듬지 끝까지
다 몸 바쳐
힘이란 힘 남김없이 다 바쳐버렸나보다

봄날이 간다 힘이란 힘 다 바쳐버려
더 무슨 힘으로
세상의 재난 막아서겠느냐
벌써 병충해로 오도 가도 못하며
벚꽃 지는 날
징징 울지도 못하나보다

올해 꽃 피느라
내년 꽃 피느라
내 목숨의 힘 다 바쳐버려
몇십 평생 살 것을
몇년인가
몇년 반인가 살고 말아야 하나보다

벚꽃 밑에서 나는 고개 들었다 고개 숙인다
당신 나 안 만났으면
하고 고개 숙인다
당신 나 안 만났으면
힘이란 힘 다 바치지 않고
숨 느른하고
걸음 느른할 텐데
당신 나 아닌 누구 만났으면
하고 고개 숙이다 고개 번쩍 들어올린다

아, 벚꽃 지고 있다

함박눈

함박눈이 내린다
까마득하고 까마득한 날들 이래
몇백억 7백억의 삶
몇백억 7백억의 죽음 위에
함박눈이 내린다

그 많은 삶과 죽음으로
당신의 이름을 부른다

모든 질문 모든 정답 다 파묻고
함박눈이 펑펑 내린다

다친 짐승이
어딘가에서 눈을 맞고 있으리라
그 짐승 근처에서
그대 이름 부르다 만 내 혈혈단신으로
함박눈이 펑펑 내리는 날
눈을 맞는다

골백번

재회인지 몰라

희미한

아련한 어느 삶

그대와 나는 젖형제였는지 몰라

아니 누가 먼저 나온 줄 모르는 쌍둥이였는지 몰라

한어미의 가슴

한젖으로 쥐암쥐암 자라나

그대는 앞서거니 나는 뒤서거니였는지 몰라

하나는 바다를 건너가고

하나는 바람과 바람 나누어지는 산기슭을 헤맸는지 몰라

헤매다가

헤매다가

어느날 오다가다 스치다가

불현듯 뒤돌아보며

어렴풋이

어렴풋이 바다 저쪽을 몰라보았는지 알아보았는지 몰라

그대와 나에게는
한어미의 젖냄새의 기억이 혹시나 하여
맞아
맞아
이 내음이야 하고 다시 만났는지 몰라
잠 깨어
한밤중의 무서움 같은 외로움 같은
먼 날들 지나
네 목소리 들으며
네 눈썹 보며
맞아
맞아
그대와 나는 쌍둥이였는지 몰라
젖형제였는지 몰라

이 세상에서의 가시버시란 그냥 속칭 암컷수컷 눌어붙는
것 아냐

오백 생의 가시버시라니
오백 생 이상의 가시버시 끄트머리라니
그보다
더 골백번 잘백번 한어미 젖 물었던
한핏줄의 원수인지 무엇인지 몰라
그러다가 설미쳐 생피붙은 것인지 몰라
그대의 나나
나의 그대나

아냐
몇백 생 따위 전혀 없이
이번 한번
단 한번뿐인
젖내음 따위 전혀 없이
맨 처음이자 맨 끝장 이것인지 몰라

떠도는 나라의 부부

나라라는 것이 꼭 한 군데만 있다더냐
한 군데의 나라도
그 나라 다음
다른 나라였고
또다른 나라 아니었더냐

아예 한 군데의 나라 작파하고
오늘은 여기에
내일은 저기에
모레는 또 저기에 나라 펼치는 우리 아니었더냐

저 사막에 가 사막국가이고자
저 초원에 가 초원국가이고자
대륙국가이고자
해상국가이고자 해저에 용궁국가이고자
저 창천 속의 허공국가이고자

오, 나는 사막국에서는 모래이고

초원국에서는 풀이거라
대륙국에서는 흙이나 바위이고
해상국에서는 파도소리이거라
허공국에서는 구름이거라
너는 사막의 회오리이고 비이거라 엇비슷이 산이고 수평
선이거라

너와 나의 나라란
여기 있다가
저기 있다가
또 저기 있는 나라 아니더냐

대저 저 창천의 밤 철새 가고 가지 않더냐
바람 자다 깨다 오지 않더냐

배반

이렇게 깊을 줄이야
온몸으로
등불을 비추어도
겨우 발 앞일 따름
이렇게 깊은 곳일 줄이야

아내의 몸
아내의 얼
겨울밤 아내의 꿈속 어느 지하 거기
내려가도
내려가도
이렇게 바닥 모를 칠흑일 줄이야

아무리 돌팔매 던져도
그 돌팔매 떨어지는 곳 툭! 소리 들릴 수 없는 곳

아, 아내의 세계여
아내의 어느날의 무한이여

차라리 이건 배반이 아니고 뭐냐

내려가도
내려가도
마지막이 없구나 바닥이 없구나 절망의 연재이구나

어느 선언

나의 사랑을 선언하노라
의무 없는 가을이여
권리 없는 봄이여
혹한이여 폭염이여 나의 동지여
모년 모월 모일 모시
나는 사랑했던 어제와
사랑할 내일이 없는
나의 사랑을 선언하노라

나는 무한으로 사랑하지 않고
찰나의 비애로 사랑하노라
나는 우주로 사랑하지 않고
우주의 세포로 사랑하노라
나는 산상의 종교로 사랑하지 않고
산기슭의 미신으로 사랑하노라
나는 거석으로 고인돌로 사랑하지 않고
돌멩이의 환희로 사랑하노라
나는 시베리아로 사랑하지 않고

시베리아의 풀로 사랑하노라

나는 그라운드제로로 사랑하지 않고

일엽편주로 사랑하노라

독재여 자본이여 나의 오랜 동지여

나는 해석으로 사랑하지 않고

불가사의로 사랑하노라

누구의 불가사의로

누구의 불가사의를 사랑하노라

어쩔 수 없노라

어쩔 수 없노라

이제 나는

스스로 조상이며

스스로 자손인 누구의 고독으로 사랑할 수밖에 없노라

나의 사랑을 선언하노라

입산

산으로 간다
더 깊이
산으로 간다
거기밖에 울 데가 없어서
거기밖에 실컷 울 데가 없어서 간다

산으로 간다
더 깊이
산으로 간다
거기 저 혼자서 피어 있는
외딴 산벚꽃 피어 있는 산으로 간다

거기 가
쌓아둔 울음 한짐 다 풀어놓고
가비야히
가비야히
나비로
두견새로 돌아와야 한다

사랑하기 위해서는
산으로 가
더 깊이
산으로 가
내 누누한 것들 다 보내드리고
빈손으로 돌아와야 한다
싹 돋듯
열매 맺듯
처음부터 다시 갔다가 돌아와야 한다

산으로 간다
사랑하기 위해서는
더 깊이
산으로 가
한나절로 한철을 삼아도 좋아
울어버리고
주어버리고

가난할 대로 가난해진 빈 몸으로 돌아와야 한다
내가 몇만번째의 처음으로 만나는 그이를
그이 다음으로 사랑하기 위해서는
그래야 한다

산으로 간다

저녁 요구르트

아직 녀석이 안 돌아온 저녁
둘의 식탁
마즙 한 잔
물큰한 구운 토마토 서너 조각
쪄둔 찬 고구마 반 토막
무엇에 무엇을 더하겠는가
아내가 요구르트를 가져왔다

아!
행복의 탄식 하나가 나와버렸다

내 행복이란
누구의 행복 한쪽이
나에게 온 것인 줄 알아버렸다

나는 누구의 생(生) 한쪽이거나
나는 누구의 사(死) 한쪽이거나

계산

오늘 2010년 10월 20일

이 세상에는 계산하는 사람들이 여기저기 있다
자연의 은혜를 환산하니
연간 4.1조 달러라 한다
그 가운데서
숲의 은혜가 연간 4조 달러라 한다

이 자지러지는 쪽물의 하늘
이 하늘은 얼마짜리인가

서울 간 아내
기다려지는 저녁
해 기우는 동안
점점 커지는 것
점점 확실해지는 것
아내의 은혜는 얼마짜리인가

아, 아직 소금이 안된

신안군 임자도의 어이할 줄 모르는 밀물자락은

얼마짜리인가

고추잠자리 일기

9월이라 하늘이 몇번이나 크다
거리낄 것 없이
고추잠자리
뿔붙은 채
열 마디 꼬리 굽혀
뿔붙은 채
거리낄 것 없이 떠다닌다

하늘이 낮달을 묻어둔 채 가만히 눈 뜨고 있다
구름 하나 오지 않는다

뿔붙은 한 쌍밖에 아무도 없다

내가 부르지 않았는데
방 안의 그가 나온다
하늘 전체가 사랑이다 너무 큰 사랑이다

회상 이후

꼭 읽고 싶었던 책을 샀을 때
사서
대번에 열일곱 장 열여덟 장 읽어갈 때
꿔모뤄의 『이백과 두보』
아직 읽지 않은 대목을 덮어둘 때

꼭 만나고 싶은 사람 만났을 때
만나고 싶었던 사람이라고 뒤늦게 깨달을 때
그 사람과
1950년 조치원에서 청주까지
1951년 군산에서 남원까지
1955년 비행깃재에서 정선읍내까지
1959년 거창에서 가야까지 야로까지
함께 걸어갈 때
검정 고무신 바닥에 구멍나며
배고파도 배고픈 줄 모를 때
함께 꺼므꺼므한 골짝 시냇물
손바닥으로 떠먹을 때

함께 어젯밤보다
그젯밤보다
더 커다란 오늘밤 별덩어리들을 우러러볼 때
엉엉 울부짖고 싶을 때

자, 드시라요 더 드시라요
이런 말 말고
저 금성이나 수성 목성 근처에서 내달려온
필생의 별빛들이 뚫고 오는
그 광막한 어둠과 함께
이 가난한 밤의 어둠 이슥할 때
네가 나를
내가 너를
어둠속의 별로 내려와
어쩌다 서로 바라볼 때

온갖 시시한 것들 하나하나
시시할 수 없이

엄연할 것

그리하여
흔하디흔한 '사랑해' 말고
도저히 말할 수 없는
도저히 말할 수 없어서
참고 참고 참았다가
천분의 일 실수로 나와버린 말
'사랑해'로
너에게 말할 때
네 귀가 들어버리고 말았을 때

상화!

너는 어디 있느냐
우주 낭떠러지의 어디에 가 있느냐

여기 있는 상화! 그러나 여기 없는 상화!

총화를 위하여

총동원의 날이다
태양 아래서
내 시각이
내 후각이
내 청각이
내 미각이
내 촉각이
내 튀어나온 심각이

내 말나각
내 아뢰야각이
다 나와 다 뛰쳐나와

너를 본다
너를 맡는다
너를 듣는다 너를 먹는다
너를 더듬고 너를 뚫는다
몸으로 모자라서

마음으로 너를 땅속 깊이 심는다
너를 심어
너를 묻는다

내 터럭 봐
내 허공 속 티끌 봐
내 암흑 속 춤 봐
미치고 있지 않느냐
온통 암내 진동하고 있지 않느냐

내 눈 봐
내 네다리 봐 등짝 봐
개보다 개
벌레보다 벌레
내 네다리로
네 네다리 칭칭 감는다
네 등짝에
네 배꼽 단전에 불지른다

불타오른다
불타오른다

내 입술 내 구강 내 이빨들
내 식도와 위장 십이지장 소장 대장 맹장
숨은 췌장 뛰쳐나와
방광 덩어리
내 불알 두 쪽 탱자가 된다 귤이 된다

내 몸속의 절규 비명 오열 신음
내 몸속의 반란
다 깨어나
다 요동치며
백년 원수 목 자를 비수로 솟아올라
총동원으로 너를 사랑한다

그 어느 것 하나가
잠들어 있으면

모든 것이 허사
그 어느 것 하나도 하나일 수 없는
모든 것
총동원의 미개로 사랑한다

내 발가락들 발바닥들도
내일 저녁
너랑 나랑 함께 돌아올 발바닥들도
다 바닥쳐 뛰어올라 감히 사랑한다

내 총화 뒤의 멸종인 너를 사랑하다 미워하고 미워하다
사랑한다

몽유도

정녕 그날밤 꿈속이었습니다
천둥 쳤습니다
천둥번개 쳤습니다

둘의 벌거숭이
바야흐로 천둥번개 쳤습니다
내가 누군지 몰랐습니다
그대가 누군지 몰랐습니다
오로지 욕설 퍼부어대고 싶었습니다
방성대곡이고 싶었습니다

숨막혔습니다
숨막히다가 숨 터져나왔습니다

천둥 쳤습니다

둘의 벌거숭이 천둥번개 쳤습니다
둘의 벌거숭이

먹구름장

하늘 꼭대기 솟아올랐습니다

솟아올랐습니다

솟아올랐습니다

또 솟아올랐습니다

솟아올라 떨어졌습니다

오로지 산산이 부서져 신음조차 흩어져버리고 싶었습니다

둘의 벌거숭이 나태와 성급으로 식어왔습니다

아프리카 에렉투스의 별빛들을 꿀꺽 삼켰습니다

귀로

서울 나들이다

금요일 강의 뒤
두어 가지 일 보고 남부터미널에 간다
아내도 오전 강의 뒤
서울에 와
볼일 몇가지 보고
유럽에서 온 내 인세 이체하고
남부터미널에 온다

둘에게 몇천번의 처음이 더 남아 있다

둘은 7시 15분 버스를 탄다
지난 삼십년 동안
가을 논들이 턱턱 줄었다
아파트 위로
물류창고 위로
첨단부품 공장 위로

꽉 저문 하늘에 바쁜 헬리콥터가 건너간다

저녁은 원인 없이 서러움이 들어맞는다
저녁은 이유 없이 외로움이 딱 들어맞는다
끝내
저녁은 외로움이 그리움이 되고
그리움이 외로움이 되어 딱 들어맞는다

아직 떠나지 않은 철오리 서너 마리가 건너간다

아내는 신중하디신중하게 입을 연다 그 말이 나오다 만다
죽어서 함께 있어요
이렇게 함께 있어요

나는 창밖으로 고개를 튼다
삶의 다음에 삶은 없다
버스는 전용노선에서 일반노선으로 옮겨 달린다
나는 입속에서 답한다

맞아
맞아
이데아는 없어!
이데아는 만년의 가설이야!

아내의 손이 나의 손이다
물론
나의 손이 아내의 손이다

삶의 이쪽에
죽음의 저쪽이 서로 손잡는다

나의 행복

세상의 불행이
천분의 일로 줄어들었는지
만분의 일로 불어났는지 모른다
각국의 정치는 반복일 뿐
정치 이후의 정치는 오지 않는다

나의 행복은 고독하다
해가 뜬다
나의 행복은 백원어치도
백만원어치도 아니게
아침이슬이 빛난다

나의 행복은
돈 있을 때
돈 없을 때 전혀 없다
정오의 해
그뒤의 햇빛에
오후의 그늘이 깊다

나의 행복은 그냥 무인지경의 흙이다

나의 행복은 법구경이나 공관복음 따위가 아니라
그냥 새다 여러 새소리다

나의 행복은 행복이 아니다
그냥 풀이다
그냥 대기 속의 중력이다 해저 수압이다
새야 날아라
심해어 백 마리 천 마리 너희들도
그 어둠속 맹목으로 노련하디노련하게 헤엄쳐오라

언제부터 언제까지
내 행복은 네 행복의 문이다
삐걱!
문이 열린다 해가 지리라 해가 머뭇머뭇 뜨리라

어디서부터 어디까지

내 행복이

세상의 행복 몇십억분의 일이리라

나는 아내가 되어간다

언제였다
아직 싸락눈짓 없을 때
아직 가루눈짓 없을 때
아내와 함께
덕봉리 위 형제봉을 바라보았다
기어이 싸락눈짓 하고 말았다
아내의 옷이 추워 보였다
싸락눈 저쪽에서
저문 형제봉이 애매모호하게 멀어져갔다

마음에 무엇이 가득히 쌓여 몇층의 마음이 되었다

오늘은 아내가 서울에 갔다
몇가지 볼일이 밀려 있었다

나 혼자 라면을 먹고
확실한 시각으로
극명한 실재의 형제봉을 바라보았다

마음에서 무엇인가가 쌓여 있던 것들이 쑥 빠져나갔다
나는 텅텅 비어 아내가 되었다
그동안 내가 아내가 된 것을 모르고 있다가
이제야 알았다

지금 아내 없이
내가 아내로 나와 함께 서 있다

대문 밖에 누군가 빈 사이다병을 놓고 갔다
그것을 치운 뒤
아내를 기다리는 일이
내 착각의 시작이었다
나는 아내가 되어
돌아오는 나를 기다리고 있다

조국의 휴전선은 여기서 멀고 가까운 한 누구의 변신이다

성도착에 대하여

변신은 신화가 아니다 허구가 아니다
오전의 허구는
오후의 사실이 되고 만다
알아버렸다
반드시 지구는 변신의 행성일 것
떠나는 길에 몰랐던 것
돌아오는 길에 알았다

빈 가방에 담긴 옷들을 알아버렸다

나는 사랑할 때 여자가 된다
도저히 남자로서는
사랑할 수 없다는 것을
전혀 모르고
사랑에 덜컥 뛰어들었다

나는 십년 전보다
더 여자다

나는 이십년 전보다 더 여자다

나는 나를 바꾸지 않으면
내 신체와
내 영혼과
내 부모의 성을 바꾸어
아버지가 어머니가 되지 않으면
사랑할 수 없다는 것을
선천적인 멍텅구리 뒤
후천적인 멍텅구리로 알아버렸다

1990년대 후반
나는 까치들이 늘어난 마정리에서
술 안 마시고 알아버렸다

나는 물레를 돌려야 한다
바람 부는 날
바람 불다가

바람 자는 날
바람 잔 죽음의 기슭에서
아낙의 물레를 돌리며
긴 이야기의 실을 자아야 한다
두잠 자고 난
어둠속의 누에들로
암컷과 수컷이 바뀌어야 한다

나는 황소로서는
수사자로서는
장끼로서는
수제비로서는 수갈매기로서는
사랑할 수 없다는 것을 알아버렸다
아 안전(眼前)에 신천지가 개(開)하였도다

나는 암컷이로다
나는 계집이로다 계집의 자궁이로다 땅이로다
밑도끝도 모르는 바다 용궁의 입문이로다

144

칠장사에서

웬 완만함이 나의 것인가
고마운지고
고마운지고
웬일로 세상의 바쁜 것들 실컷 잠들었구나
고마운지고

고양이 게으름인가 해설피 검둥이 녀석 늘어진 낮잠인가

하던 일손 놓아버린다
아내 촐싹여
어디
이월쯤이나 가자
칠장사쯤이나 가자

몇해 만에 굽이쳐 칠장사에 갔다

가니
다 저녁 저녁예불 때

사미가 종을 울린다
다음
다음 사미가
북을 울린다
다음
목어를 두둑두둑 울린다
운판을 땡땡 울린다
아침 33천 서른세 번 종을 울렸을 터
저녁 28수 스물여덟 번 종을 울린다
종소리
온 세상 목숨들을 위해
이 세상 사람들을 위해 울린단다
북소리 짐승들을 위해 울린단다
목어소리 물속의 고기들을 위해
운판소리 공중의 새들을 구제하기 위해 울린단다

아내가 말한다
지상의 나무들과 풀들을 위해 천상의 별들을 위해

둘의 몸을 울리자고

과연 그대로 아내의 몸과 내 몸 속에서 샛별이 절로 울린다
어둑어둑 숲들이 절로 울린다

너는 먼 근원이다

최소한으로
최대한으로
내 사랑은 인류학적일 것
밤에 카모마일 차를 마실 때
너는 이 세상의 너로 그치지 않는다
너는 지금의 너
지금의 나의 너로 그치지 않는다

너는 몇백년 전의
몇천년 전의 너로 그치지 않는다
아랄 해
카스피 해의 너로 그치지 않는다

저 유대 신화
아담의 뼈 한 개로
흙 한줌으로 만든 이브가 아니라
내 사랑 이전부터
너는 인류학적일 것

저 인류의 고향 아프리카 어디에서

파낸 화석

인류의 조상이 여자였음을

그 여자로 하여금

남자가 태어났음을 깨달을 때

너는 다음의 아프리카 싸바나의 너로 그치지 않는다

그래서 너는 나에게

어머니의 어머니의 어머니이다

그녀이다

또 그녀이다

그녀의 피

또 그녀의 원소 스며내려

너의 핏속에서

먼 근원으로부터 내가 9개월 만에 7개월 만에 태어났다

기어이 내 호르몬은 네 호르몬이다

너는 내 어머니의 무한이다

꼬르도바에서

보르헤스 부인 고다마 보르헤스 가끔 생각나
작은 키에
큰 키 남편의 팔을 끼고
빠리 쎄느 강 기슭을 걸어가던
그 며칠 지나
스위스의 며칠 지나
혼자된 고다마 보르헤스 생각나

내가 그녀한테 불가의 속담을 말하자
스치는 옷소매 인연도
삼생 인연이라는 것
하물며
이 세상의 부부 인연
오백번 이상이나 부부 인연 이후라는 것
다음 세상에서도
위대한 보르헤스를 만나시겠다 말하자
안 만날래요
안 만날래요 하고

단호히 말했을 때
나는 웃었다
내 아내도 웃었다
그녀도 멋쩍게 웃었다

그녀랑
누구랑
누구랑
일주일을 지내면서
로마와
아랍과
가톨릭과
유대와
무엇과
무엇이 층층층을 이룬
꼬르도바 문명화석으로
내 근대의 단순한 문명을 뉘우쳐
시를 읽고

발제를 하고
새벽 두시까지 먹고 마시며 떠들어대고
다음날 토론하고
또 먹고 마시고
박수소리 일주일을 보내면서
네로의 충신이다가
네로한테 처형당한
쎄네카가 태어난 곳에서
쎄네카의 말 한마디 떠올리기도 하며
일주일을 지내면서
아침 식탁에서
나는 아내한테 묻지 않았다
당신도
다음 세상에서
나 안 만날래? 하고 묻지 않았다

로르까네 집 따위
로르까 무덤 따위 두고

과달끼비르 강 건너

올리브 산비탈

그라나다로 가는 길 깨달은 바

당신은 응축이고

나는 확산이고

다음 세상 따위 전혀 없을 것 오직 한 세상일 것

그것 생각나

가라사대

시경 국풍 가라사대
금슬상화(琴瑟相和)라
거문고와 비파가
서로 어우러짐이시여
지아비 지어미의 울림이시여
이것도 사절하거니와

유림외사
부부싸움은 하루를 넘기지 말 것
이것도 사절하거니와

전해오는 말씀

해로동혈(偕老同穴)
살아서 같이 늙고
죽어서 같이 묻힐 것
이것도 단연 사절하거니와

우리는 이런 퀴퀴한 뒷방 말씀 없으셔도 되거니와

부엌도 침대도 함께 있는 곳

섹스도 책도 함께 있는 곳

내 친구 루이스 랭캐스터

내 친구 부인 로이스 랭캐스터가 둘이 아닌 것처럼

우리는

홍적세 이래 둘이 아니거니와 적나라하게 둘의 하나이

거니와

어떤 뒷날 고슴도치들의 잣새들의 퀴퀴한 고전도 사절하

거니와

죽림정사론

이제 불초소생이 입을 열 차례입니다
랑케라는 사람이
역사가는 늙어야 한다고
누구한테 보내는 편지에서 말했습니다
행여 원숙과 교활이 그것이라면
저녁 어스름 노새인지 나귀인지 모르듯
그것이 그것이라면
역사가든 아니든 꼭 늙어야 할 까닭은 없겠습니다
돌이켜보건대
동양 삼국 근세에서는 총각 때부터
공자왈 맹자왈로 꽉 늙어버렸습니다

한반도에는
대섬〔竹島〕이 열 이상입니다
충남 서산 앞바다 보령 앞바다
전북 군산 앞바다
전남 영광 신안 앞바다 진도 고흥 앞바다
경남 통영 앞바다에 굽돌아 대나무섬이 두둥실두둥실 떠

있습니다
  솔섬〔松島〕이 일곱 섬으로 그 뒤를 따릅니다

  오늘따라 동양화 사군자 중에서 죽(竹)군자를 골랐습니다
  대 그림 한 폭의 여백 적막 충만
  이런데도 어린시절 고향집 대숲을 떠올립니다
  영영 그 속에서 나가기 싫은 적이 있었습니다
  죽림칠현 사연을 들은 것은 훨씬 뒤였습니다

  인도 중부 죽림정사(竹林精舍) 대나무들은 사나웠습니다
  살벌하게 피에 주린 가시들한테
  걸핏 찔리기 십상이었습니다
  2천 5백여년 전 마가다국 부자 가란타가
  부처님께 그 대숲을 몽땅 바치고
  국왕 빔비사라 폐하가 절을 지어 바쳤습니다
  그 빔비사라의 공덕에도 불구하고
  아들녀석한테 왕위를 빼앗긴 채
  그 대숲 절간의 골방에 유폐되었습니다

어쨌거나 떠돌이 부처님께서

처음으로 절의 부처님이 되신 이래

몇 소년비구들이 더러 대나무 가시에 피를 흘렸습니다

슬픈 사성제(四聖諦)였습니다

중국 죽림칠현 대나무들은 주로 맹종죽(孟宗竹)이었습
니다

봄날 죽순을 안주 삼았습니다

천축의 대보다는 어련무던 덜 사나웠습니다

그 대숲 속은 한번 들어가면 나오기 어려웠으나

위진(魏晉)의 묵객이야

들어갔다 나왔다

나왔다 들어갔다

권세에 맞서 여러 토막으로 칼 받아 죽거나

그런 독한 북방기질보다는

느른한 남방기질로 살아 있거나 했습니다

혜강 상수 완적 산도 유영 완함 왕융 그네들께서

공자 따위 홑이불로 내치고 노장을 방석으로 즐기고

에끼 에끼
예교 따위 저버리고 여봐라 권세 따위 비웃어
노소 없이 너나들이 탁 터버렸습니다
슬픈 무위(無爲)였습니다

그다음으로는
성당(成唐) 이백이 첫 장안 포부 버리고
조래산(徂來山) 대숲으로 들어가
이른바 죽계육일(竹溪六逸)로
권커니 잣거니 취중의 시흥 낭자하였습니다
슬픈 신선놀이였습니다

일본 관서 대나무숲들이야 가는 데마다 울창합니다
성큼 아열대 숲인지라
안개 짙고 습기 진한지라
싹 베어내면 곧 웃자라 울울창창합니다
그런 대숲 안에
죽순요리 마흔두 가지 비릿비릿 슴슴한데

다꾸앙(澤庵) 법사 앉아 있으면 적광(寂光) 깃들고
검객이 숨어들면 달빛에 칼날이 번쩍입니다
한 발짝 나가보아라
거기 할복자결 사세구(辭世句) 한마디
거기 십년마다 피바람 일어납니다
슬픈 제행무상(諸行無常)입니다

고려 대나무숲은 그윽하고 따스합니다
왕대도 솜대도 죽순대도
조릿대 시누대 무슨 대 다 품행 방정합니다
고려라고 일곱 묵객 없겠습니까
명종 신종 연간 무신란 판
강호(江湖)로 떠나
청담(淸談)에 묻히니
이인로 오세재 임춘 조통
황보항 함순 이담지 등이
중국 죽림칠현 본떠
해좌칠현(海左七賢)으로 자칭하니

그네들의 모임이 바로
죽림고회(竹林高會)였습니다

고려 대나무숲 아늑자늑합니다
그 대숲에 바람이 들면 그 대숲 바람소리 정녕 무욕입니다
이 풍류 이어져서
조선시대 당쟁 사화의 피범벅 난장 떠나
죽림파 청담파가 명멸하였습니다
슬픈 산림(山林) 사림(士林)이었습니다

바야흐로 대나무의 보편성을 손꼽아보겠습니다
대나무 속 텅 빈 줄기 안에는
하늘의 기운과 땅의 기운이 들어 있습니다
대나무 마디마디는 단호 분명합니다
바람 불면 휘어져 바람소리 자욱합니다
동양 계절풍지대 여러 나라에서
대나무는 소나무와 함께 절개를 뜻합니다
한번 푸르면 언제까지나 푸릅니다

심지어 대나무는 꽃조차도 아끼고 아끼다가

한번 피면 너도나도 온몸으로 피워내고

다음날 말라죽어버리고 맙니다

그 다음날 그 다음날은 온통 죽은 대나무 무덤이 되고 맙
니다

슬픈 옥쇄(玉碎)입니다

이런 오싹오싹한 대나무의 생과 사를 아울러

대나무의 특성 내지 특수성도 있어야 합니다

저 인도 왕대 중국 왕대숲이여

저 일본 왕대숲의 밤이여

여기 한반도 남녘의 왕대여 시누대여

한반도 동해안 오죽이여

그대들 각각의 땅으로 하여금

그대들 각각의 특성이 사뭇 결연합니다

죽순맛도 다릅니다 대바구니도 다릅니다

중국 태공망(太公望)의 대나무 낚싯대와

신라 말 서해안 어린아이 최치원의 낚싯대 다릅니다

이런 특수성 저편의 보편성이란
저편 보편성 이쪽의 특수성이란 무엇이겠습니까
만일 보편성이 특수성의 희석인가 해체인가
아니면 특수성의 상위인가
그것이 아니라면 언젠가는 특수성으로 회귀하는가
또 그것이 아니라면
뭇 특수성 각자의 존엄 불허
하나의 원리로 통합한 일원론인가
결국 역사마다 역사의 악역이던 그 험악한 제국의 보편
성인가

다양성 오라
특수성 오라
그대들의 세계가 진정한 세계인 것
어서 오라

그리하여 세계 각처의 대나무들이 만나
대나무 특수성 연합 이루어지이다

한반도 남녘 담양 대나무숲으로 갑니다
저런
저런
일년 만에 다 커버리고 맙니다
풀도 아닌 것이 나무도 아닌 것이라고
대의 덕을 칭송하는 묵객 있어
섬에도 대바람소리가
파도소리에 에워싸여 밤을 새웁니다

내일 영문학의 아내 집에 두고
국문학의 아내와 함께 담양 대나무숲으로 가렵니다
거기 가서 아내의 국문학으로
대숲 안에 잠기노라면
내 전생의 영문학도 거기 와 놀고 있겠습니다
불초소생이야 아내의 뒤란에서 사운대는 대나무 한 개이
겠습니다

산책

우리는 비속한 날에도
비속하기 짝이 없는 밤에도
비속한 말은 하지 않는다

밤마다 안드로메다 대성운이 있다
다음날 어딘가에 최고급의 낮달이 있다

둘의 산책에서
아내가 이런저런 일상을 이야기할 때에도
내가 이런저런 일상을 이야기할 때에도
처조카 결혼식 부좃돈 이야기를 할 때에도
썩은 동아줄에 매달린 목숨으로
아슬아슬하게
비속한 말은 하지 않는다
어쩌다 치사한 배신이나
치사한 중상에도
건설업자의 천박한 사기에도
비속한 말의 화풀이로 말하지 않는다

그따위 비속한 것들을
아예 입에 대지 않는다

왜냐
사랑의 주술이 꽉 막혀버리니까

말은 화학물질이다
말은 씨이고 꽃이고 하염없는 다음 생의 열매이다
비속한 말은
비속한 물질이다

싫어하는 타고르
그대가 하나는 옳다
세계는 진짜로 고상하다는 것
세계는 재앙으로
잔악으로
무엇으로 추락하고 있으나
기어이

우주의 시로 상승하는 날이 온다
보시라
먹구름장의 날이
하얀 새털구름의 날을 모르고 있다

우리는 비속한 말을 하지 않는다

언제나 우리의 단독적인 품위 깨어 있다
우리의 유치한 명예 또한 꼿꼿하게 일어서 있다

왜냐
사랑의 존엄이 꽉 막혀버리니까

국제전화

아내의 목소리가 왔다

오다니
오다니
이 행성 밖의 다른 행성에서 그 목소리가 광년의 빛으로
왔다

심청으로 던져지고 싶었다 깊은 달밤의 인당수였다

아리랑

1984년 가을
아내가 몸속에 아이를 담고 있을 때
새로 잇대어 지은 방
휑한 방
불빛은 비추는 것이 아니라
샘솟는 것

샘솟는 불빛 밑
둘의 밤이면
서로 책을 읽어준다
그녀가 읽고
내가 읽는다
언제 그녀의 입이 내 귀
내 귀가 그녀의 입이었던가

마침 일본 이회성이 보내준
님 웨일즈의 『아리랑』을
아내가 읽는다

아내의 정신이
내 육체가 된다

님 웨일즈가
옌안 토굴의 김산을 처음 만났을 때
그의 강한 눈빛에 끌려간다고 말한다
대장정 이후의 토굴 속
흐린 석유등불 밑
김산의 눈빛에 불빛이 튀겨
그 불빛이 님 웨일즈의 눈빛이 된다

언어 이전의 언어인 일치의 눈빛
그 강렬한 것
그러므로 거꾸로
약하디약한 것

아내가 몸속의 아이와 함께 나를 본다
『아리랑』의 첫머리는

어느새 어중간에 이르렀다
밤 이슥
딱따구리 울음소리가 힘찼다
힘차게 어둠을 찍어대니
어둠이 아픈 새벽으로 뒤척였다

아내의 몸속에서 아이가 잠들었다
내일 아침
또 발길질을 하리라

그 다음날 그 다음날
아내가 읽고 난 데서부터 내가 읽었다
아내의 귀는 내 귀보다 더 깊다 열 길 밑이나 더 깊다

뒷날 나는
님 웨일즈의 표창을
한국 정부에 청원했다
한국에서 리영희 백낙청이랑

일본에서 오오에 겐자부로우 이회성 등이랑이었다
표창할 듯하다가 말았다

뒷날 나는 황사 진한 날
마오의 「옌안문예강화」 몇장을 읽다가 던져버리고
오래 잊었던 『아리랑』을 찾아 읽었다
지난날의 밤이 억울한 듯 다시 왔다

　나 혼자서도 차츰 아내의 입 차츰 아내의 귀였다 봄이
갔다

다시 국제전화

정전이다

서울과 런던의 시차
여덟 시간
내 몸 구석구석에 박혀 있던 목소리가 왔다 아내의 목소리다
코베트가든 인도인의 셋방에서
안성 마정리 집 2층까지
아내의 바다 밑 고래들 잠재우는 목소리가 왔다

불이 들어왔다 남쪽 바닷가의 소금들이 반짝이리라

무릎 상처가 낫는다
벌써
이른 딱쟁이가 부끄러이 앉았다
아내의 환한 불빛이 들어왔다
내일 아침 세상의 모든 이름들에게 소금 같은 단호한 꽃이 피리라

리스본 이후

파두의 밤길이었습니다
돌아온 호텔 객실 TV
CNN도 BBC도
온통 북한 핵문제였습니다
여기까지
여기 이베리아 반도까지
십년 뒤에도 물고늘어질
나의 운명 한반도의 난제가 와 있습니다
끌끌 혀를 찬다고 될 노릇이 아니었습니다
아, 언제나 비정치적일 수 있을까
언제나 음식타령이나 하고 날씨타령이나 하고
축구타령이나 하고 살 수 있을까
다음날 아내와 함께
리베르다데 거리를 걸어서
선착장 꼬메르씨우 광장까지 내려갔습니다
우리도 그냥 관광객이 되었습니다
비둘기떼 대신 갈매기들이
천년의 관습으로 내려앉았습니다

옛날옛적 저 오디쎄우스가

여기까지 와 바람을 피웠습니다

바람 피우고 도망가버린 뒤

버림받은 여자의 분노로

온통 땅이 일곱 언덕으로 갈라졌습니다

옛날옛적의 옛날옛적인 오늘

아내는 바깔라우 요리를 청하고

나는 막 도착한 배를 바라보았습니다

그때 나는 떠나는 배를 생각했습니다

저 16세기 말 젊은 까몽이스가

궁정에서 쫓겨나

북아프리카 싸움터 병졸로 떠나는 배였습니다

돌아올 수 없구나

돌아올 수 없구나 하고

자신의 목숨을 씹어삼키는 배였습니다

어쩌다 희극 「쎌레우쿠 왕」 탓이기도 하고

왕실 후궁에게

감히 뜨거운 시를 보낸 탓이기도 하였습니다

까몽이스

까몽이스

북아프리카 싸움에서 오른쪽 눈을 잃었습니다

애꾸눈 병졸로 살아남아

남아프리카 희망봉을 돌았습니다

인도양 건너

인도 고아에서 보초병 노릇이었습니다

남지나해 건너서

중국 마카오 보초병이었습니다

고국은 아득하고 아득했습니다

고국의 언어만이 필사적으로 자신이었습니다

동양의 느린 세월이 지나갔습니다

그런 세월이 헛세월이 아니어서

본국 왕 조앙 3세 승하로

새 왕이 즉위한 뒤

까몽이스 추방령이 풀려났습니다

멀고먼 귀국의 뱃길 몇번인가 울었습니다

새 왕의 위로를 받으며 다시 궁중 신하로 살았습니다

그러다가 그 왕 승하로 쫓겨나

오직 가난 속에서 시의 날들을 살았습니다

초 토막 촛불이 다하면

기르는 고양이 눈빛으로 시를 썼습니다

마침내 웅장한 서사시 『우스 루지아다스』가 완성되었습니다

까몽이스

그는 뽀르뚜갈입니다

뽀르뚜갈

그것은 까몽이스입니다

어느덧 세월은 세월 노릇을 어김없이 해오고 있었습니다

487년 뒤

한국의 한 묵객인 나는

아무리 촛불이 흔전만전이라도

그 촛불 버리고

아내의 눈빛으로 시를 씁니다

1998년인가 1999년인가
그 이래
아내의 잠 속의 잠든 눈빛조차도
어둠이다가 빛입니다
깨어 있는 그 눈빛으로
내 오장육부의 캄캄한 속속들이
거기에 시들이 꼬막에 꼬막 살점으로 들어찹니다
시의 시작은 이렇게 어둠이다가 빛입니다

일몰

최고의 서쪽으로

아내의 하루가 간다 내 하루가 울며불며 간다

변신

자고 나자
나는 나의 아내였다
나의 눈은
아내의 눈이었다

유토피아 여기

사적인 신

저 호모싸피엔스싸피엔스의 누구
저 사라진 네안데르탈의
누구

저 선사시대의
누구
누구

그때의 신은 시였다 아흐 시이고말고
그러다가
이놈의 역사시대의 누구
이때의 신은 권력이었다

잠이 오지 않는다
어둠의 자유를
나의 자유로 삼아야 한다
내가 닿을 수 없는
내 근원이

어둠속에서 태동한다
밤새도록
어둠의 태아가 꿈틀댄다

그렇고말고
신이 시였을 때가
내 몸의 어딘가에 박혀 있는
선사의 기억 속에서
나는 자유이다

몇백만년의 선사가 갔다
몇백만년 뒤
몇천년의 역사가 갔다
이제 나의 신은 아득하지 않다
기껏
오백년 앞의 세종과
기껏
삼십년 뒤의 이상화

나의 신은 지극히 사적인 신이다
나의 신은 지극히 내적인 태극의 거기이다

세종
이상화 둘이다

먼동 튼다

도우버 해협

사적 여행 몇번

빠리에서 깔레에 갔다
빠리는 먼 곳이 없고
깔레는 먼 곳이 있었다

강풍이었다
깔레의 풀들이 격렬했다

깔레에서 배를 탔다
파도쳤다
파도쳤다
순결의 분노로 파도쳤다

선실 밖으로 나왔다
파도 속에서
강풍 속에서
옷자락 깃발이 찢어지게 휘날렸다

옷 속의 몸 쓰러지며 춤추었다

파도자락이 덮치고 덮쳤다 옷자락이 젖어버렸다
어린 차령이가
파도 기둥에 에워싸여
강풍 속에서
소리쳤다
순결의 분노로 소리치며 춤추었다

어린 딸의 광기가 처음 나왔다
엄마와
아빠는 기쁨 속에서
놀라움이 두려움이 솟구쳤다

영국 백아(白亞) 벼랑이 달아나고 있었다
도우버에는 더 먼 곳이 있었다
강풍이 갔다
아무도 수습할 수 없는 적막이 있었다

캔터베리 회당 첨탑은 단순하기 짝이 없다
셋은 광기를 잊었다
춤도
파도도 까마득 잊었다 입 다물었다

런던으로 가는 기차 안에서
풍경 속의 양 몇마리를 보았다 잠든 순결이었다
런던 빅토리아 역은 먼 곳이 없었다

아내에게 정든 곳
나는 아내의 곳에 정이 들었다
어린 딸은
장차 살 곳인 줄 모른 채
하나의 꾸러미를 받았다
기차 차장이 주는 어린이 선물 연필 한 다스가
무엇인가를 쓰기를 그리기를 기다렸다

아내의 옛 기숙사에 갔다

거기 가서 문턱에 앉아보았다
나는 아내의 과거였다 인문의 충족이 왔다

하지만 아내는 나의 과거가 아니다
언제나
어디서나
무엇이나
과거 이전
나의 야만의 처음이었다

　　나는 러쎌가에서 동서남북 없는 철부지였다 사랑 안은
그렇다

모월 모일(某月 某日)

모월 모일
화와 함께 살다

모월 모일
화와 함께 살다

모월 모일
화와 살다

모월 모일
화와 살다

모월 모일
화와 함께 살다

모월 모일
화와 함께 살다 아직 죽지 않았다

말라가에서

진리가 슬프다고
진리가 파랗게 슬프다고 말한 사람 있지
아냐
그보다 먼저
맨 먼저
사실들이 슬퍼
사실들이 무지무지 시뻘겋게 타는 노을로 슬퍼

사실일까
네안데르탈의 핏줄 영영 끊어졌을까
사실일까
호모싸피엔스싸피엔스 핏줄만이
철갑을 두르고
끊어지지 않았을까
기어이 끊어지지 않고
이 지경에 이르렀을까

사실일까

저 석기시대
청동기시대
철기시대 지나
끊어져도 그만
끊어지지 않아도 그만인 핏줄 이어
토기 구워
거기 밥 담아 먹기에 이르기까지
핏줄 이어
이 지경의 핏줄 어디까지 와
어디까지 가
어디의 어디쯤에서
뚝 끊어져버리고 말까

사실일까
현생인류 지나
현대인류 지나
어디의 어디의 어디쯤에서
괄시하던 버러지에게나 맡기고

영영 핏줄 끊어져버리고 말까

꿈 설친 나그네
여기에 있다
서부 지중해
그 많고많은 파도소리 쌓이는 곳
말라가에 와 있다

말라가 망루 밑 야외식당
아내는 돌연 아내가 아니고
나도 누구였다

아내의 시간은 인류사의 시간이었다
끊어진 네안데르탈의 핏줄이
아내의 몸 안에서
몇십만년 긴 시간의 고열로 허공이 녹아내린다

진리도 사실도 필요없다

슬픔도 필요없다
사랑은 언어가 필요한 것 이상으로
언어가 필요없다
아내가 청한 요리가 과분하게 나왔다
포도주 로뻬스 에르마노스 한 병도
긴 그림자를 달고 나왔다

나의 핏줄은 호모싸피엔스싸피엔스의 핏줄일까
사실일까
돌창을 던지던
돌도끼로
생고깃덩이를 자르던 핏줄일까
사실일까
끙끙 앓던 중상의 네안데르탈의 핏줄 아닐까

나는 당돌하게 아내의 시간 속으로 들어간다
아내의 시간
그 시간의 먼 상류도

그 시간의 캄캄한 하류도 모르고

지금의 사실이

사실인지 아닌지도 모르는 그곳

내일의 말라가가 몇십만년 전의 어디에서 오는지 모르는

그곳

혼자 라면을 먹으면서

저 1963년 1964년 1965년 가을쯤
그때 자주
고개 돌렸던 곳
고개 돌리면
있어야 할 것이
전혀 없는 곳
이상하구나라는 말이 나의 말이던 곳

2010년 가을
라면을 먹다가
있어야 할 것이
없는 곳에
내가 있는 것은
내가 없어야 할 곳에
내가 있는 것

이상하구나라는 말이 또 나의 말인 곳
왜 네가 나를 아직까지 사랑하는지

왜 나는
네가 없을 때마다 적막한지
왜 적막한 독감인지
왜 적막한 말라리아인지
왜 라면 먹고 나면 정처없는 한숨이 나오는지
이상하구나

모레는 네가 올 것이다
모레까지
하루 이상이 남아 있다
모레의 푸른 하늘이 올 것이다

이상하구나

아직 가지 않은 곳

사랑을 정의하렵니다
주저하며
사랑을 정의하렵니다
박새가 가지에 앉았다가
방금 날아갑니다
사랑하는 사람과
사랑받은 사람이 분리되지 못합니다
기어이 두 사람이
한 사람의 둘입니다

사랑을 정의하려 합니다
주저하지 않고
사랑을 정의하렵니다
태고 이래
사랑하는 것과
사랑받는 것이 분리되지 않는 것
그것이 사랑입니다

이제 사랑을 정의하지 않으렵니다

사랑은

언제까지나

정의되지 않으므로 비로소 사랑입니다

무수한 정의들 이전

무수한 정의들 이후

사랑은 그냥 먼 사랑입니다 먼 곳입니다

먼 곳이 있습니다

갈 곳이 있습니다

사랑은

더 많은 갈 곳입니다

저 수평선이 사랑입니다

저 수평선 너머가 사랑입니다

도달할 수 없는 도달이

오늘밤도 사랑입니다

빅써

못 간 레나 강변
낯선 거리에서
빠른 북국 사투리 속에서
가방을 풀고
하룻밤 옷을 걸고
남국의 음식을 먹는 것이 어설프도록 사랑입니다

회고컨대
이십몇개국 도시들을 함께 갔습니다
예측건대
더 남아 있는 곳을 함께 갈 것입니다
상화와 함께
내 75세 85세도
나는 일만 미터 상공의 나그네일 것입니다

잠들기 전
나는 상화와 함께
갔던 곳을 손꼽아

갈 곳을 손꼽아
밤 이슥이슥합니다
수탉 옆의 암탉이 봉새의 알을 낳을 것입니다

잠들기 전
상화는 나와 함께
또 지도를 그립니다
천년의 도시를
천년의 도시와 마을이 이어지는
주체가 아닌 객체의 지도를 그립니다
사랑이 주술이듯 오랜 목적지들의 오랜 상호 주체의 여
행이 사랑입니다

랜즈엔드

가족은 정숙한 영국 기차를 탔다
모든 것이 완만하다
19세기 같다
18세기 같다
편지의 안부가 기다랗다
풍경들이
창밖에 고개 숙여 아직 빅토리아시대로 잠겨 있다
내 마음도
조급
성급 따위를
몇십년 만에 실례를 무릅쓰고 내보냈다
조급
성급 따위도 나보다 앞서
아주 서서히 물러갔다

배추들을 뽑은 뒤의 배추밭이 완만하고
배추밭 다음 목장 한쪽 양들의 동작이 동작이 아닌 듯 완
만하다

콘월 반도
플리써스에서
작은 저잣거리 트루로에 갔다
거기서
이층버스를 타고
펜잔스로 가는 길
아직 육백년 전 술집이 있다
외딴집 2층
강술 한잔 뒤
펜잔스
버지니아 울프네 별장 근처에서 별이 총총한 잠을 잤다
랜즈엔드 곶

대서양이 서슴지 않고 시작하는 곳
땅이 끝나는 곳
땅끝
여기 와서
가족의 머리칼들에 무작위의 천막 바람이 누누이 왔다

그러니 파도소리가 느릿느릿 확대되다가
파도소리가 더 느릿느릿 축소된다
가족은 가족 이전부터 다시 가족을 유구하게 시작한다
사랑은 반사회적이다

꼬르도바의 밤

민용태 번역의 로르까 「꼬르도바」를 언제 읽어보았더라
그 숨가쁜 시 읽고
소주 먹었던 밤이
80년대였더라
90년대였더라
그 밤만 달랑 남겨져
그 밤의 로르까 아이 밴 나머지
그 시 속의 꼬르도바에 왔다 나는 피조물이 아니다

꼬르도바는
나에게 먼 곳

로르까에게 죽음이 기다리는 곳
멀고먼
고적한 그곳 꼬르도바
나에게
내 발길이 닿지 않을 곳 먼 곳
기어이 발길 닿아야 할 곳

여기에 왔다

공산당원 꼬르도바 시장 주최의 후한 만찬이 끝났다
새벽 세시였다
어리벙벙 별들이 다 떠서 기울어갔다
그 만찬의 사석
보르헤스 미망인 고다마 보르헤스가
죽은 보르헤스와 함께 있었다
그녀와 함께
아내와 나는 어렴풋이 알아챘다
누구에게 무엇이 되는 것
누구에게 무엇이 되지 않는 것
그런 것들 중 어느 것도
씨앗과 토양
씨앗과 천후
씨앗과 씨앗 속의 아무도 모를 무위라는 것
세 사람의 누구도 그것을 입밖에 내보이지 않았다

로르까의 집과
로르까가 처형된 밭뙈기와
로르까의 무덤 따위에 대해서도 쉽사리 말하지 않았다

하지만 아내와 나는 누가 혼자 남겨질 때를 생각하지 않
았다
누가 먼저 혼자 남겨져 가슴속에 담아둔 얼굴을
훌쩍훌쩍 그리워하는 때를 생각하지 않았다

다음날
꼬르도바의 거리에 자본주의 일렬종대 해산의 손님이 많
았다
만나기 전의 아내가
내가 모르던 아내가 거기 있었다

사랑 이전 거기 가고자

시시한 날

너무 크구나
너무 오래 크구나
사랑
몇천년부터
줄곧 커다랗구나
사랑

오늘 아침에도 누가 커다란 사랑을 커다랗게 말한다

사랑이야 정작 크지도 작지도 않을 터
그냥 사랑일 터
오늘 아침에도 모르겠구나
너무 크기만 하구나
사랑

그러나 커다란 사랑은 단 한번도 여기 온 적 없다
커다란 사랑이라는 말이
사랑이란 크다는

사랑이란 넓다는
사랑이란 깊고 깊다는
사랑이란 아스라이 높다는 말이
언제까지나
지워질 줄 모르건만
단 한번도 그것은 온 적 없다

사랑이야 본디 크지도 작지도 않을 터

그러나 오늘 아침 멍청한 한마디

사랑은 그것이 정녕 사랑이라면
작은 사랑일 것
남극 펭귄 어미가 새끼에게
자연 그것일 것
남극까지 갈 것 없이
우선 과부가 산 너머 홀아비에게
자연일 것

봄일 것

봄의 둑새풀 빛

여름

가을의 단풍잎새

겨울일 것

추워서 서로 부둥켜안길 것

그러는 동안

조금씩 세월의 거리에서 꾸벅꾸벅 졸음이 잦아질 것

내 밥이

누구의 굶주림인지

가만히 헤아려볼 것

내 술이

누구의 설움인지

문득 술 깨어나 깨달을 것

내 삶이

행여나 누구의 죽음과

뒤바뀐 건 아닌지

사뿐사뿐 의심할 것

여기 미움만도 못한 식어버린 미움만도 못한
지지리 못난 사랑
오늘은 어제의 못난 핏줄
내일은 오늘의 정신 또랑또랑한 핏줄

이런 오늘과 내일 사이로
시시한 날
시시한 사랑일 것

바라건대 내 사랑이
한국에서 가장 시시한 사랑으로 낙후되고 말아야 할 것
꼴찌 포구의 한 쌍 갈매기 그것일 것

내 잔이 넘치나이다

젊은 날
제주 앞바다
그 늠름한 만월 달빛 출렁출렁 넘치는 밀물에
최소한
그 만년 이후까지 갈
그 존엄의 밀물에
내 막다른 몸 던져 맡겨버리려 했나이다
허리에 유달산 돌 매달아
영영 흔적 없어져버리려 했나이다
그 우연의 달밤 바다 복판의 죽음이
온 세상의 찬란한 삶들보다 나 홀로 찬란했나이다

그러다가
그러다가
그러다가
그러다가 술 못 깨어나 구차하게 살아왔나이다

그러다가

삶의 저녁 어스름
사랑하올 그대가
차려 내온 그릇마다
그 숨 벅찬 밀물의 만찬이었나이다
사랑하올 그대의 잔에 댄 내 잔이
이전부터
이미 넘쳐
어쩔 줄 모르게
엎지를 뻔하며
가까스로 지상의 술잔으로 놓였나이다
무엇이건
사랑하올 그대의 것은
모조리 모조리
넘치나이다
내 운명 몇곱절로 넘어 분에 넘치나이다
단 한번도 넘치지 않은 잔이 없었나이다
어찌할 바 모르겠나이다

종각 앞에서

내 70년대는 씨앗이었습니다
내 80년대는 싹이었습니다

1983년 4월
아직 쌀쌀할 때
전두환의 때 호헌철폐 이전의 때
전후좌우
꽉꽉할 때
나에게 아무도 모르는 설렘이 뉘우쳐 솟아올랐습니다

바람 부는 종각 앞에서 기다리고 있을 때
자동차들이
멈췄다 오고
멈췄다 갈 때
마침내 밤하늘 파란색 웃옷 입은
그가 급히 차에서 내렸습니다
새벽하늘 속의 깊은 곳이 내려왔습니다
저 북극성 쪽

한낮에는 없는
그곳의 한 곳을 대신한
푸른 하늘의 한 부위가
그의 몸으로 내려왔습니다

그의 하늘을 비추어낼 먼바다의 주저하는 밀물이
나의 마른땅에 긴급으로 들어찼습니다
더이상 그 무엇도 필요없습니다 사흘을 굶고 싶었습니다

어느날

이유 없이 갠 날이어요
누가 올까요
이유 없이 갠 날
몇달 전의 눈보라이거나
몇달 뒤의 궂은비이거나
그런 날들 마다하고
이토록 갠 날
누구의 넋으로 올까요
생 너머
사 너머 바람 한점같이 무자취로 올까요
슬쩍 풀끝 하나 건드리며
누구네 자취로 왔다가 갈까요

아니어요

누가 오는 것
누가 왔다 가는 것 아니어요
당신 만나기 전의 어느날이 이유없이 당신의 날이 된 오

늘이어요
　왔다 갈 오늘이어요

　오늘이란 오늘
　다 어느날이어요

기다리며

아흐
아흐
이런 사통팔달로 꽉 막힌 나라의 나에게
기다리는 사람 있다
이런 허무맹랑한 꿈의 나에게
해 지는
산바람 내려오면
침 고요히 삼키며 숨 삼키며
기다리는 사람 있다

아직 제 둥지에 오르지 않고
또 한 바퀴
또 한 바퀴
빙빙 제자리걸음의 원을 도는 비둘기가 있다
1980년대 신군부시대에도
내 자오선의 세월은 간다
벌써 여덟시 반

전화가 없으므로 전보가 온다
오늘도 전보 두 군데
나는 술 마실 자유밖에 없어도
술 마시지 않고
초저녁 상현달을 본다
낮에 보이지 않는 것이
밤에 보이는 것
어디 너뿐이냐

벌써 아홉시 지났다
을지로 3가역에서
3호선을 갈아탔으리라
충무로역 지났으리라
도르프만이 천박하다고 비웃던
충무로역 인조 암벽 지났으리라
옥수역 지났으리라
교대역 지났으리라
남부터미널에서 버스 떠났으리라

고속도로

기흥

오산 지났으리라

안성 인터체인지 나왔으리라

공도 지났으리라

이제 동산 입구에서 내렸으리라

9시 45분

나에게 기다리는 사람 있다

이토록 밤이 저쪽에서 이쪽까지 미해결로 풍부하다

오래된 부끄러움

삼십년의 가시버시인 우리
아직도 부끄럽습니다
두서없이 부끄럽기만 합니다
당신 앞에서
내 속옷 갈아입지 못합니다
내 앞에서
당신 앙가슴 아무렇게나
내보이지 않습니다

사랑은 끝내 노골적일수록 끝끝내 노골적일 수 없습니다

삼십년의 가시버시인 우리
아직도 사랑은 끝으로부터 아득한 처음 다음 어느 가녘
입니다
가만히 엿보자니
돼지 암컷수컷도 서로 부끄러워합니다
어린 멧비둘기도 사춘기 뒤 그러합니다

후일

지금 나는
조금도 모호하지 않습니다
확실합니다
조금도 애매하지 않습니다
이렇게 그대를 똑바로 만나고 있습니다

지금 나는
명료하게
조금도 오차 없이 살아 있습니다

그러나 지금 나는
그대와 만날 수 없는 날들을 생각합니다
그대와 영영 헤어져
또다시 그대와 만나지 못하는 날들의 거리를 생각합니다

백령도와 마라도가 만나지 못하는 것
북두칠성의 누구도
북두칠성의 누구를 만나지 못하는 것

지금 나는
그대와 만나지 못하는 날
그날밤의 별들의 심연을 기억합니다

지금 나는 무능의 눈물밖에 이것밖에 아무것도 없습니다
지갑 속의
그대 사진밖에 없습니다
그대 아직 돌아오지 않을 때
기다리는 나의 뼈마디들이 실재에서 부재 쪽으로 자꾸
흩어져갑니다

후일이 오고 있습니다

타고르

그대의 할아버지도 마하트마이고
그대의 아버지도 마하트마였다
그대의 가계는
신의 혈족이었다
함부로 싫어할 수 없었다

그대의 시는 기도이다
그대의 시는 찬송이다
함부로 싫어했다

그제도
어제도 싫어했다
오늘 오전도 싫어했다
그러다가 오늘 오후에
그대의 한마디를 도저히 싫어하지 못하고 온전히 받아들
였다

나 없는 그대

그대 없는 나는 무이다

오늘 오후 그대의 그대가
곧 나의 그대였다

저 서쪽 어느 오아씨스의 경전 이쪽
화엄경 몇개의 품 이쪽
그대의 이쪽
나의 대림동산에서
늦게 솟은 나의 샘물이었다
그동안 나는 터무니없이 무였다
그대로서
나는
몇십년 동안 무가 아니었다
오늘밤 그대는 나로서
그대의 나일까
그대의 넋은 내 식도일까 위일까 긴 소장 대장 어디쯤일까

남겨둔 시베리아

이제 2년이 남았습니다
10년 전부턴가
9년 전부턴가
어느 방송사에서
15일쯤의 시베리아 기행 청탁이 있었습니다
가겠다는 말이
입안에서 나오려다가 나오지 않았습니다
그곳만은 남겨두고 싶었습니다

젊음이 전혀 없던
젊은날 이래의 내 꿈이 시베리아 여행이었습니다
오래 남겨둔 여행이었습니다
몇해 전부터 이 여행을
아내와 함께 가리라고 마음먹었습니다
슬며시 아내한테 떠보았습니다

아내의 동의는 호응의 무언이었습니다
이제 2년이 남았습니다

아내의 정년 기념이 될 것입니다

오랜 내 꿈이 아내의 꿈으로 건너갔습니다

시베리아 타이가
시베리아 툰드라 지나면서
아내의 말을 솔깃솔깃 들을 것입니다
나의 몸에는 벌써 많은 감탄사가 들어 있습니다
벌써 바이깔을 지나갑니다
몇날며칠의 자작나무 사이 지나
우랄입니다
우랄 서쪽입니다 운명이나 혁명이 보일 것입니다
이제 2년이 남은 아내의 시베리아입니다
시베리아 이후가
아내와 나에게는
다른 사랑의 시원일 것입니다
지구상의 사상들이여 맹신들이여
그따위 다 가버린 어느 삶일 것입니다

마침내 살균되지 않은 땅에서
다른 삶들 속의 삶으로
다시 싹틀 사랑의 시원일 것입니다

그대의 목소리

시차의 시간이
어디에서
어디로 온다
아내의 여섯 모서리 충실하게 울리는 목소리가 온다 사
랑이다

어느 한 곳에서
아내의 해가 지는 목소리가 온다 사랑이고 사랑이다

이 목소리이면 다이다 다른 것은 없다

내 귀가 갑자기 먹먹하다
이어서
내 눈 못 뜬다

이 어둠이면 다이다

어디서 달 뜨는지도 모른다 사랑이다

지각

스무살의 사랑 내 것이 아니었다
소월이나 네루다의 것이었다
스무살도
서른살도
사랑보다
허무가
허무에 앞서
죽음이 내 것이었다

내던져도
깨어지지 않는 양재기가 미웠다
통금시간 직전
내가 미웠고
내 앞의 누가 미웠다
가장 유능한 미움으로도 죽음을 버리지 못했다

쉰살 지나
네가 사랑하는

내가 되었다
걷잡을 수 없이 참을 수 없이
내가 너를 더 먼저
사랑하기 시작한다는 착각의 내일이 바로 닥쳐왔다

화살들 퍼부었다 막을 수 없는 불화살들 쏟아졌다

식민지 36년의 굶주림 끝
나 자신의 학대
분단 몇십년의 만취 끝
나 자신의 저주
사랑은 너무 늦게 내 몸에 박힌 화살들이었다

바야흐로 이전의 나 없애버렸다
너로서 영혼은 화살 없이 바람이고
나로서 사랑은 화살 없이 바람소리이다
보라 늦은 것은 피 흘려 일찍 늦은 것

네가 화낼 때

네가 화낼 때
나는 사흘이나 나흘이나 죽어버린다
밥맛 없이
밥 먹는다
술도 물이 된다
네가 화낼 때
몇달 만에 화낼 때 손가락으로 식탁을 똑똑 두드릴 때
이 세상 전체 캄캄하다
숨죽인다

도망갈 데 없다

장자 남화경(南華經)에도
숨을 데 없다

아무도 모르리라
화장실에서
내 오줌도 바로 숨죽인다

나는 벌거숭이가 아니다

겨울옷을 벗었다
나는 아직도 벗어야 할 것이 있다
봄옷을 벗었다
벗을수록 나는 벌거숭이가 아니다
한밤중
내 껍질이 벗겨지는 꿈속
아파도
아파도
피 흘리며 아파도
아파서 외쳐대는 내 꿈속의 비명도
벌거숭이가 아니다

고향을 떠나도
가야산을 떠나도
동해 서해를 떠나도
한라산을 떠나도
서울을 떠나도
베를린을 떠나도

나는 벌거숭이가 아니다

벗어도
벗어도 떠나버려도
응애응애 울어대던
내 탄생의 벌거숭이가 아니다
그 탄생조차 벌거숭이가 아니다
배추밭에 나비 오리라 장다리꽃에 벌 오리라

안성을 떠나도
나는 벌거숭이가 아니다
나는 카르마로 너에게 간다
너의 남극으로 간다

너는 나를 몰라보는 내 펭귄이다
나는 벌거숭이가 아니다

사랑할수록

사랑할수록

나는 토할 것도 없이 절망한다

언제까지나 나는 벌거숭이가 아니다

크레타

더이상 푸르를 수 없다
푸르러도
푸르러 더 푸르러

나는 네 뒤에서 침묵을 묻었다

눈도 오지 않았다
비도
가랑비도 철저하게 오지 않았다
푸르러
더 푸르러

나는 네 앞에서
침묵을 파헤쳤다

더이상 사랑할 수 없다
푸르러
푸르러

더이상 사랑의 극단으로 사랑할 수 없었다

푸르러

푸르러

당신의 눈빛

딸의 전화를 기다리는 동안
공중파 방송을 본다
TV 화면이
당신의 눈에 들어오다가
당신의 눈빛에 막혀나간다
틀림없이 당신의 눈빛은 아주 오래된 조상의 직관이다

또 직관은 다른 행성의 혼이다

베가 별의 별빛이
25광년 전의 것
25광년 저쪽 어디에서
여기까지 온 것

당신의 눈빛은 우주시간 몇십년 전의 것
지금의 것이
몇십년 후의 것
지금의 것이

아무런 거리를 두지 못하는 눈빛

밤이 깊어서 밤이 얼마 남지 않았다
그때였다
딸의 전화가 왔다

당신의 눈빛이 우주의 어디로부터 와서 서반구의 딸에게
간다
그것도 모르고 나는 당신의 자궁 밖에서 냇물의 잠을 잔다

아내의 편지

1974년 겨울
그녀의 긴 편지를 받았습니다
처음도 끝도 없는 긴 아침 강물의 편지였습니다
황량한 수렛길에서
그것을 옷깃 여미고 읽을 줄도 몰랐습니다 딴전의 술만
마셔댔습니다

1979년 긴 편지를 몇통째 받았습니다
어디 하나
허술한 생략 따위 남을 수 없는
확고한 오뇌의 불면이 잠겨 있었습니다
나는 거리의 불온에 파묻혀 있었습니다
편지 이전과
편지 이후와 함께
그때의 사랑은 측면이 아니었습니다
봄 여름 가을 그리고 겨울
지칠 줄 모르는 정면이었습니다

기어코 1983년 결혼 이래

아내의 긴 편지와 좀 덜 긴 편지를 받았습니다

온갖 사실들은 추상의 그림자였습니다

달은 현실이고 달밤의 나는 환각이었습니다

이윽고 내 늦은 편지가

하나씩 하나씩

밤나무 저쪽 너도밤나무로

오랜 아내의 긴 편지를 조금씩 닮아오기 시작하였습니다

저문 날

한 자 한 자는 내 서투른 봉헌의 상형문자였습니다

감히 나일 강의 신성문자이고 황하의 구조적 주술문자
이기를 바랐습니다

황홀경이었습니다 언제부턴가 나의 편지는 아내의 편지
가 되고 말았습니다

더이상 참을 수 없이 나는 아내의 오른손이고 왼손이었습
니다

백년 뒤

그리도 길고길어 언제 끝날지 모르는 문장의 소설이 있다
그리도 시골 아가씨네 쏘네트 목소리 담긴 시가 있다
토마스 하디의 시 「1967년」은
시골에서
대처로 나온 뒤 같다

그의 생전 1867년에
백년 뒤의
1967년을 노래한다

백년 뒤의 오늘
내가 살아 있지 않다는 것밖에 노래할 수 없다고
노래한다

나도 덩달아 노새로 나귀로 헛발질하며
2011년 2월 어느날
2111년 2월 어느날쯤 그때를 노래한다

아래와 같다

백년 뒤의 오늘 나는 황공하옵게도
내 아내였던 그이의 방에 걸린 풍경화이리라
그이의 밤과
그이의 새벽꿈을 조금도 건드리지 않고 내려다보리라
내 아내였던 것도 모르고
잠든 신 잠든 삶의 그이를
지극히 아득한 귀의로 아득한 방황으로
아침 새소리 이슬 털릴 때까지 내려다보리라

5월의 신부

5월의 신부를 본다
다음해
5월의 신부를 본다
다음해
다음해
다음해
다음해 5월의 신부를 본다

1983년 5월 5일 이래
해마다 5월의 신부를 본다
아니다
미리미리
2189년 5월의 신부를 본다
어떤 저승도 필요없다
기어이 해골의 결혼식에 이르기까지
5월의 신부를 본다

아내의 기억 속에서

아내의 기억은 하늘에서 내려온다 비 온다 눈 퍼붓는다

12년 전의 아내
서운산 은적암 뒤
조릿대밭과 산길을 올라간 뒤
12년 후의 아내는
12년 전으로 돌아가 있다
여기야
여기야

23년 전의 아내
내가 입었던 윗도리를
23년 전의 그날로 돌아가 또렷이 알고 있다

아내의 기억은 지상에서 솟아오른다 천상은 밑창이다
36년 전 갔던 식당도 틀림없이 잊지 않고
그 식당의 오후에 자세하게 돌아가 있다 아내는 과거의
세부(細部)이다

아내의 기억은 사랑이다
아내의 기억 속에서
내 기억을 꺼내온다
그 사랑 어느 기슭에 잠긴
내 기억을 하나하나 불러온다
사라진 카스피 해의 기억들
사라진 아랄 해의 기억들
그것들을 꺼낼 때
비로소 나에게도 내 전생이 있다
과거가 현재인 아내
아내의 기억 속에는 선사(先史)의 미래가 들어 있다
미래가 현재인 아내

확신컨대
방황 뒤 긴 회의 뒤 확신컨대
아내는 내 열두살도
비 오다 만 내 사후 6주기 오후도 이미 신내려 알고 있다

아내의 기억 속에서
나는 세상에 나가려 한다
섬마섬마 뒤
아장아장 나가려 한다

아, 젖내음!

지각타령

아버지 생각이 늦은 저녁에 온다 와서 가지 않는다

내 진정한 시작은
왜 언제나 저녁인가
왜 부질없는 미네르바인가
역설이 역설이 아니라
왜 귀가가 출가인가
왜 저녁연기에 새벽 성욕이 깨어나는가

왜 나의 새벽은 너무 늦게 오는가
나의 마흔살 넘어
석가의 샛별이 왔다
나의 쉰살 넘어
새벽의 시가 날마다 왔다
돌아다보면
지난날은 늘 저녁이 먼동 트는 아픔이었다

나의 서정시도 너무 늦었다

이하가
랭보가 죽은 뒤에야 해골로 녹아버린 뒤에야
아무것도 모르고
늦은 서정시로 떠내려왔다
이광수의 시조 두어 개
노자영의 화려한 잡문 서너 개
그리고
사변 전 신석정의 시 몇개가 다였다

중학교 1학년 국어책에서
처음으로「광야」를 읽고 무서웠다
사변 전 밤길에 주운
한하운의 가도 가도 황톳길
그뿐이었다
앞서 여덟살 서당의 훈장 중얼거리시던
시경인지 무엇인지
한두 번 들은 것 그뿐이었다

이백도

샤를르 드 보들레르도 통 몰랐다

어디선가 서정주의 애비는 종이었다를 서당개로 보았다

그뿐이었다

훨씬 뒤

걷다가

최인훈의 입에서

임화의 「네거리의 순이」를 들었다

1950년대 실존주의도

그 걸이나 개나

입 열면 튀어나오는 휴머니즘도

너무 늦었다

1960년대 후반

김현이 슬쩍 구조주의를 말하면

내 앞에서 구조를 말하지 마

나는 실존이야

자, 실존의 술 받어라고 소리쳤다

내 이십대 불교도
명봉 운허의 화엄경 사절하고
효봉의 임제선에 놀다가
훨씬 뒤
환속 사십세에야 십지품을 만났다

자택도 늦었다
백색전화도 늦었다
누구는 모든 것이 콜록콜록 일찍 왔으나
나는 모든 것이 중얼중얼 늦게 왔다
그놈의 원수 같은 근대도
너무나 늦게 왔다
앙가주망도 늦었다
예순살의 여권도 늦었다
은행구좌도 늦었다
자전거도 늦었다

창비시선도 늦었다
사회구성체론도 늦었다
난데없는 석좌교수도 늦었다
아메리카도 늦었다
베를린도 늦었다
하나의 우정도 늦게 왔다
명예 박사학위들도 늦었다
책들도 늦었다
커피도 녹차도 카모마일도
90년대 후반에야 나에게 왔다
더 늦은 것 여기 있다

사랑

없는 것이
있는 것이 된 사랑의 삶 여기 있다

사랑의 깃발 늦게 펄럭인다 늦게까지 펄럭이리라

공전(公轉)

아내의 둘레를 돌 때마다
나는 빛난다
아내의 둘레를 돌 때마다
나의 한쪽이 빛난다

아내의 빛으로
나의 다른 한쪽이 캄캄하다

나는 아내의 위성이다 내 운명이다
운명이란 뭔가
운명이란
우주의 제도 아닌가

나는 아리안이 아니다 나는 내 아내의 형식이다

아침

아침 눈 떴다
내 옆에
잠든 아내가 있다
인류 8백억이 죽어간 이 지구 위에서
나는 아내와 함께 있다

지금 막 어디선가 누구누구 죽어가리라
이 삶의 찰나에
나는 더이상 감출 수 없는 정전(正典)의 누구와 함께 있다

나의 잠언

몇만년이 지나갔다

더이상
사랑이 무엇이라고 말하지 마라

나는 반벙어리로 사랑할 따름이다

사랑하므로
몇만년 뒤
가을이 더 가을이 아닐 것이다
겨울이 더 겨울이 아닐 것이다
그러기 전
나는 몇십년 동안 내 각시를 기역도 니은도 없이 디귿도
없이 악기도 없이 온벙어리로 사랑할 따름이다

회색 수첩

천상에서 부부는
두 천사가 아니라
하나의 천사라고
누가 말했다
스웨덴보르그가 그랬나

나는 아니야

지상에서 상화와 나는
둘이 아니라
하나라고
누가 말할까
아무도 말하지 않을 때
내가 불가불 말해버린다
여기 단서가 반드시 있다

지상에서 상화와 나는
혈연적이지 않다

몇번의 생을 혈연적이다가
이제 단호히 혈연적이지 않다

한번의 생 이전부터
이념적이었다
우주 에너지 이데올로기 그것
지상의 이데올로기 아닌 그것

아직도 처음이다

아직도 파릇파릇 떤다
아직도 가슴
콩닥콩닥 뛰논다
거짓말인지 참말인지 모르고
아직도 까불어댄다
아직도 별을 헨다
별 헤다가
일흔 개쯤 헤다가 그만둔다
아직도
아직도
바람 불면 뛰쳐나간다

삼십년의 삶 헛되이
아직도 편지를 보낸다 벌벌 떨며 받는다
아직도 얼음 녹으며 얼음 얼며 그립다
함께 있어도
먼 나라 몇개 저쪽
하늘 속 비행운 한줄 그립고 그립다 끝이 외롭다

아직도 토라진다

낱말 하나가 다이다

아직도 돈 얘기를 하지 않는다

아직도 똥 얘기 남의 얘기를 하지 않는다

아직도 처음이다

아직도

처음의 처음이다

삼십년의 삶 무효

이상합니다

고조할머니
진실로 이상합니다
증조할머니
진실로 이상합니다
아홉살 때 돌아가신
할머니
진실로 이상합니다

당신의 손자며느리하고 손자하고의 사랑 이상합니다

이상하고 이상합니다 한밤중 깨어나서 못 믿을 사랑입
니다
날이 갈수록 이별 불능이여 천년의 하루여 구름 생멸의
천년의 모순이여

풍경

상화의 가능은 불가능에서 나온다
상화는 자연이다
상화의 인위야말로
계절의 이행이다
상화는 원칙이다 아니 자연법의 원리이다

상화는 강원도다
거기서 흘러온다
나는 하류 기슭
천년 뒤의 양수척(楊水尺)
저녁 강물 위로 가마우지 내숭 떨며 건너온다
나는 낚시질이 싫다

그 집

아직도 가보지 못했습니다

그대 어릴 적
돈암동 개울 건너 그 집
삼선교 지나
동도극장 지나
돈암동 전차종점 못미처
다락방과
높은 장독대 있는 그 집 자리
아직도 가보지 못했습니다

그대 어릴 적 외갓집
서대문 밖 홍제동 지나
광산으로 백토로 부자 된 외갓집
대문 중문 안중문 지나
토방 축대 높은 안채
지금 그대로인지 아닌지
아직도 가보지 못했습니다

이모네 집

6·25 때 폭격으로 죽은 이모네 집

살아남은

이종사촌 오빠 언니

전쟁고아 된 집

그리고 정릉 집

아직도 가보지 못했습니다

그대의 돈암국민학교

그대의 광화문 호박밭여고

그대의 신촌

대학생 시절의 다방

그대의 어디어디

그곳에 가서

그곳에 가서

그대의 지난날을 사랑하지 않으면

지금의 사랑이 하현달 밤 이지러질 것이므로

꼭 그곳에 가서
그대의 지난날까지 악쓰며 사랑해야 하건만
아직도
아직도 가보지 못했습니다

올가을에는 늦가을에는 갈 것입니다

조선백자 마리아상

어디 가서
조선 후기의 가마에 불 넣던 건달 하나가
몰래
남한산성 밑 주막의 주모한테서
천주 믿는 노릇 옮겨다가
야소의 어머니 마리아상을
눈썰미 좋아
몰래
구워내다가
제 접방살이 방구석에 숨겨두었다 함

아베마리아가
기어이 조선에까지 와서
어찌어찌 숨겨져 있다가
오늘 전시장의 어중간에 모셔져 있다 함
숨겨져 있다가
숨겨져 있다가

그런데 이 마리아상
서유럽 동유럽에서는 어마어마한 권세였다는 것
착잡하기도 할사

어떻게 그대만이 원죄가 없는가
어떻게 그대만이
그 숨막히는 성교 한번도 없이
숫처녀의 몸으로
아이 배었는가
과연 하늘의 아드님이라
하늘하고
하늘의 별하고 있다가
아이 배었는가

온 유럽 천지 그 중세 몇백년이나 내내
화가
음악가
건축가

조각가 들이
그 성모 마리아상으로부터 풀려난
오늘이 얼마나 허망한가

어떻게 군대도 군대만 아니라 높고낮은 벼슬아치도
어떻게 그 귀족 작위 오르는 데도
길드에도
장터 목에도
거기 들어갈 때
거기 들어가 속해 있을 때
반드시 처녀수태 확신을
백번이나
골백번이나 맹세해야 했던가

그런 마리아야
죽은 아들 내려져 묻힌 뒤
그 아들 시신 앞에서
삐에따 마리아 된 뒤

몇사람의 무식한 젊은이들 따라
저 다마스쿠스 어디로 스며들어
그 그리스 땅 어디 에페쏘스 어디 스며들어
거기서 살다가 눈감은 뒤
그 성모 마리아의 고독으로부터 비참한 삶으로부터
뒷날의 권세반열 으뜸의 성모신앙에 이르렀던 것
이천여년 뒤의 오늘
동아시아 반도에 거룩할사 모셔져 있다 함

전시장 문 닫을 시간 오후 다섯시 지나서야
한밤중 어둠속에서
조선백자 마리아상 하얗게 하얗게 빛나는 시간이
오고 있다 함

나야 흥청대는 강남 비싼 술집 거리에는
어림도 없이
남부터미널 막차 탔다
그렇다 일체 권세 없이 일체 타율 없이

숫처녀로

아이 배는 여인 있어야겠다

새로 있어야겠다

프리드리히 니체가 모독한 순결 있어야겠다

이 대담무쌍한 성개방의 세상 한 곳에서

푸른 하늘의 무죄로 푸른 하늘의 동정(童貞)으로

호젓이 아이 배는 여인 있어야겠다

상화! 너도 혼 같은 무(無) 같은 아이 하나 낳아!

상화 마리아!

나는 그저 삼줄 건 집 조심스러이 대문 열고 닫는 행랑아
범이도록!

설산

저 히말라야 일동은
손톱만큼도 과시가 아니다

안나푸르나
안나푸르나 제2봉
그 밑에 내가 있다

저 히말라야 때문에
나는 죽어라고 가장 낮다

어서 아내한테 돌아가 실컷 엎드리고 싶다
엎드려 내 오래된 우물 밑바닥으로 낮을 대로 낮고 싶다

가시버시

씨리아 다마스쿠스 교외
무함마드 마을의
어느 가시버시
야심
눗세

몇달 만에
함께 누워
서로 어루만진 한 시간 뒤
그 깜깜한 방 안
둘의 몸이 떨어져 있더니
눗세의 몸에서
군청색 빛이 났다
야심의 눈에
그 빛이 가득 들어와
형언할 길 없는
어떤 기쁨의 눈물이 된다

오호라 빛눈물이라
눈물빛이라

야심의 몸이
늦세의 몸에 들어가지 않고
그 포옹만으로
그 애무만의 사랑으로
이런 기쁨의 빛 기쁨의 눈물이라니
허나 몸에 몸이 들어가니
그 빛 자취 없이 사라졌다 허허허 슬픔으로 기뻤다

알라 없는 여기

새벽 세시인가 세시 반인가

아내의 고른 숨소리에
어둠이 가고
멀리 군청색 빛이 온다

네 시인가 네 시 반인가

숨소리의 빛이 새로 잠들어오는 내 눈에 와 어둠의 눈물

이 된다

고백

그곳에 수선화가 모듬모듬 피어 있듯이
새끼제비 주둥이
수선화꽃 피어 있듯이
그곳에 이끼가 끼어
한낮에도 어젯밤의 반지름이 남아 있듯이
그곳에 고사리들이 수군수군 모여 살고 있듯이
아무도 몰래
고사리 울음소리를 듣는
땅속 고사리 뿌리들이 쓰라린 어미로 살고 있듯이
그곳에 억새꽃들 휘날려 어디로 떠나는 듯이
그곳에 갈매기똥의 흰 바위가
밤이나 낮이나
파도소리에 선잠 깨는 듯이
나는
목마르다가
목마르다가
아내의 앞과
아내의 뒤에서

사뭇 서정과 서사의 경계를 넘었다
담 넘었다
울 넘었다
재 넘었다
56억 7천만년 중에서
30년을 넘었다

샘물 무지무지하게 깊어 태초같이 김이 났다

새삼스러운 아침

살구나무 가지들
아직 살구꽃이 피기 전입니다
마음속으로
미리 피어나
추운 꽃샘바람을 저마다 각각으로 견디고 있습니다

언제부터 우리도 저마다 각각이 아니었던가요
오늘 아침 새삼스럽습니다
새삼스러이
하나가 간을 꺼내어
하나의 마음에 비추어줄 때
다른 하나 또한 가만히 몸의 구석
조그마한 쓸개를 꺼내어
하나의 마음에 비추어 답할 때
두 마음이 그렁그렁 숫난이 숫내기 열어 합하고 맙니다
그러지 않고서야
이 벼랑에 길 낼 수 없겠습니다
그러지 않고서야

이 자갈밭 명아주 한 뿌리 없이
알거지로 풀썩 주저앉을 수밖에 없겠습니다
하나와
또 하나
서로 뒤바뀌어
네 쓸개가 내 것 되고
내 간이 네 것 되어
누가 누구인지 모르게 숨지는 날
그날 아침인 듯 오늘 아침입니다

　그대의 밥이여 오줌이여 내 부끄러움으로 감출 수 없는
남은 오욕이여

쏘네트인 듯

오늘밤처럼 별들이 찬연한 밤이 사랑이어요
재섭이네 사과나무 가지에
사과꽃 피어 멀미나는 아침이 사랑이어요
그런가 하면
어느새 가을 사과 주렁주렁 붉은 날
그 푸르른 하늘 속이 못내 사랑이어요
어찌 봄하고 가을하고만 그러리오
북풍한설 문풍지 떠는 새벽 고드름 뻣뻣이 드리우는 때
그때도 못내 사랑이어요
저 고비 사막이
옛 초원으로 끝간 데 모르는 초록일 때와
그 초록의 긴 세월 가고 다시 황막의 사막일 때가
그 고금의 세월 속
수많은 사랑 가운데서 사랑이어요

배고플 때
또 배고플 때도
사랑 따위 다 죽어버린 때도

내 배고픈 해골 속 희디흰 골수에
캄캄한 사랑 어릿어릿 그 자취 잠겨 있지 않을 수 없어요

여보 행복으로 너무 배부른 오늘
까닭없이 와버린
내 행복의 절반인 슬픔도 사랑 있다가 없는 배고픔이어요
아니 배고픈 사랑이어요

축배처럼

후딱 과거가 되고
후딱 과거가 되고

내일 모레도 바로
오늘이다가
어제가 되고

눈멀도록 사랑할수록 사랑의 시간 다 가져가는 사랑

축배처럼 후딱 여기가 저기인 빈 축배 사이의 사랑

폴리네시아의 밤

합환의 예의를 말하렵니다
폴리네시아
트로브리안드 섬
남십자성 밑
그 섬들의 어느날 밤
내외 한 쌍 포옹의 예의를 말하렵니다
포옹 한 시간쯤 뒤로
그 내외 조상의 영이 깃들어
그 합환의 복을 내려주시는 예의를 말하렵니다

은은한 포옹
은은하기 짝 없는
두 내외의 애무를 말하렵니다
벌써 그것만으로
그 내외 생체의 전자가 일어나
그 내외의 밑에 자글자글 모여드는
예의를 말하렵니다
이로부터

그 내외의 깊이깊이 드리고 받자올 두 기쁨이
무슨 기쁨인지 통 모르는 데까지 이르는
드높은 예의를 말하렵니다

오늘밤 저도 난데없이 바람나
불교 이취경(理趣經)쯤을 펼쳐보며
제 아내와의 합환이
혹여 부처 근처에 이르는
예의를 덩달아 말하렵니다

근대의 모든 성(性)들의 밤이여
발기
삽입
사정으로
일본군 위안소 그것으로
양키의 공주촌 그것으로 망치지 않는
예의를 새삼 말하렵니다
사랑은 그리고 사랑의 성은

결코 권력이 아닌 누구의 질서가 아닌 예의를 말하렵니다
근대 이전의
근대 외외의 미개의 경지
드디어 별수없이 도의 경지에 드는
그 폴리네시아의 밤을 감히 말하렵니다

내일밤 저도 제 아내인 부처 근처에
손톱 깎고
발톱 깎고
성스러이 다가가는 폴리네시아
시늉의 예의를 말하렵니다

밤은 지극히 긴긴 예의입니다

모국어로 살면서

제러드 다이아몬드의 「일본인의 뿌리」가 말합니다
오늘의 일본인은
2천 4백년 전 한반도에서 건너간
한민족의 후예라는 것
오늘의 일본어는
옛 한반도 북부 고구려어가 변화된 것
이어서
오늘의 남북한에서 쓰는 한국어는
고구려어보다 신라어에 가깝다는 것

하기사 우랄알타이어계 교착어로
한국어와 일본어가 봄인지 가을인지 짝짜꿍 노릇입니다

교착어 한국어는 2천년의 언어입니다
낱말과 낱말이 눌어붙습니다
부사 구애 없이
조사 구애 없이
낱말과 낱말이 뜻을 만들지 못합니다

찰밥도 아교도 필요없이
절로 찰지고 저절로 딱 눌어붙어버립니다
그리하여 언어의 끝까지 구석구석까지 다 드러냅니다
산맥의 능선들이 높고낮을지언정
끝내 끊어지지 않고
따로따로 돌아앉아 고립되지 않고 예나제나 붙어 있습
니다

이런 교착어를 모국어로 살아오면서
이런 모국어의 운명으로 죽어가면서
어디 하나
교착할 데 없이
어디 하나
교착할 소재 하나 남김없이
교착 이전의 밀착인
몇년이고
몇십년이고 캄캄한 밀착인
사랑이 있습니다

결코 물러서지 못하는 상화의 사랑이 있습니다 내 사랑
이 있습니다

단 한번도 미워한 적 없는
단 한번도 싫어한 적 없는
단 한번도 식어버린 적 없는
단 한번도 지겨운 적 없는
하루하루 깊어지는 해저의 사랑이 있습니다
아직도 남은 해저가
얼마나 깊어야 할지 모르는 사랑이 있습니다

오늘도 이라크 침략에 분노하다가 돌아온 밤에도
틀림없이 사랑합니다
아, 고대 바빌로니아의 사랑이 분노처럼 여기 와 있습니다

동요

5월에 시작했네
5월에 시작했네
그날밤 마지못해 비가 오고 말았네
그렇게
5월에 시작하고 말았네
3월도 아닌
4월도 아닌
5월에 시작했네
그뒤의 6월도 7월도 아닌
9월도 아닌
5월의 아침에 시작했네
5월의 어린이로
5월의 잎새들로
물러설 뒤도 없이
철모르는 어린이로 시작하고 말았네
죽어도 좋아
5월의 저승 이승
풍덩 빠져 시작하고 말았네

일상

그가 부엌에서 시금치나물을 무치다가
뉴스를 들으러
라디오 쪽으로 고개를 돌린다
불멸이다

그가 테라스 탁자에 앉아
조간신문을 뒤늦게 읽는다
무심의 순간으로
새가 지나간 뒤의 하늘을 본다
불멸이다

그가 꽃밭에 물을 주다가
멍멍이집 쪽으로 몸을 돌린다

그가 여러번 울린 전화를 받는다
숭고하다
상대방이 정식으로 순응한다
그가 하던 일을 한다

모든 하루하루 속
단 하루도 천박하지 않다
불멸이다

불멸의 밖이다

기어코 말한다

거짓말같이

무슨 우레 터져도
무슨 천벌의 번개칼 꽂혀도
기어코 벼락 맞아 말하고 만다

네 발등 두 손등
네 콧등

네 오로라 같은 마음 가녘
사랑 아니고도
한덩어리 거짓 없구나
어쩌자고
어쩌자고
돌아갈 네 지수화풍
이리도 참되고 마느냐

두 세기에 가래 걸쳐

네 사랑으로
이제 나 같은 것도 나도
백분의 일은 진눈깨비 맞으며
네 곁에서 참되고 만다

바라옵건대
네 참된 그림자로
무척무척 흐린 날에도
없는 네 그림자로 되고 만다

고은 시집

상화 시편 – 행성의 사랑

초판 1쇄 발행 / 2011년 7월 11일
초판 9쇄 발행 / 2017년 9월 19일

지은이 / 고은
펴낸이 / 강일우
책임편집 / 전성이
펴낸곳 / (주)창비
등록 / 1986년 8월 5일 제85호
주소 / 10881 경기도 파주시 회동길 184
전화 / 031-955-3333
팩시밀리 / 영업 031-955-3399 편집 031-955-3400
홈페이지 / www.changbi.com
전자우편 / lit@changbi.com

ⓒ 고은 2011
ISBN 978-89-364-2721-4 03810